Wilfried Bremermann

Die virginische Nymphe

Phantastische Erzählungen

.

© 2015 Wilfried Bremermann

Autor: Wilfried Bremermann
Umschlagfoto: captblack76 - Fotolia
Verlag: tredition GmbH, Hamburg

ISBN: 978-3-7323-6914-0 (Paperback)
ISBN: 978-3-7323-6915-7 (Hardcover)
ISBN: 978-3-7323-6916-4 (e-Book)
Printed in Germany

Inhalt

Noras Insel

Jackson sah sie als Erster. Oder genauer gesagt, er sah das Boot als Erster. Erst als wir es an Bord hievten, sahen wir, dass eine Frau darin lag. Sie war jung und hübsch. Und sie war tot. Sie war nackt bis auf einen Seidenschlüpfer, von dem allerdings nicht mehr als ein paar dünne Fetzen ihre blasse Haut bedeckten. Was jedoch am bemerkenswertesten war, war ihr Gesichtsausdruck. Nie zuvor hatte ich ein Gesicht gesehen, das derart von Furcht und Grauen gezeichnet war wie das jener Frau. Tiefe Falten gruben sich in das schöne Antlitz. Die Mundwinkel waren verzerrt wie in tiefem Schmerz und gaben den Blick auf wunderschön gewachsene Zähne frei. Ihre Lider waren geschlossen, doch umrahmt von Falten, die ihrem Gesicht trotz ihrer Jugend den Charakter einer Frau mittleren Alters gaben. Am erstaunlichsten allerdings war ihre Körperhaltung. Im Tod hatte sie sich zusammengerollt wie ein Fötus, als habe sie sich gegen irgendwelche Unbill schützen wollen. Die See war in den letzten Tagen eher ruhig gewesen, sodass ich Furcht vor Wind und Meer bei ihr ausschloss. Was hatte diese Frau gesehen, dass die Furcht sie derart gefangen hielt? War sie an dieser Furcht gestorben, auch wenn ihr abgemagerter Körper und das Fehlen von Lebensmitteln auf Verdursten und Verhungern hinwiesen?

Mein Name ist Will Riker. Ich bin Kapitän des Forschungsschiffes DARWIN. Wir lagen zwischen Australien und Neuguinea, als Jackson, unser Biologe, seine verhängnisvolle Entdeckung machte. Wir waren mitten in einem Forschungsauftrag über die mögliche Nutzung von Plankton als Lebensmittel. Eine Rückfahrt nach Darwin oder Sydney hätte uns mindestens zwei Wochen gekostet, kam wegen der Dringlichkeit unseres Auftrags aber ohnehin nicht in Frage. Andererseits konnten wir die Leiche nicht für Wochen oder gar Monate an Bord behalten. Abgesehen von dem alten Aberglauben, dass Tote an Bord Unglück bringen, hatten wir auch gar nicht die Möglichkeit, ihren Körper so lange zu konservieren. Deshalb entschied ich, dass die Unbekannte eine Seebestattung erhalten sollte. Vorher jedoch wollten wir sie obduzieren, um ihre Todesursache zu ergründen; Verdursten war schließlich nur eine Vermutung.

Nun, um es kurz zu machen, sie war eindeutig verdurstet. Sie musste mehrere Tage in ihrer Nussschale – viel mehr war das Boot, in dem wir sie fanden, nicht – verbracht haben. Ihr Tod war also ein natürlicher. Die Frage blieb jedoch, was ihren Tod verursacht hatte. Was hatte sie in das Boot getrieben? Warum hatte sie kein Wasser und keine Lebensmittel dabei? War sie geflüchtet? Wenn ja, wovor? War sie unschuldig in eine schlimme Lage geraten? War sie vielleicht ein böses Wesen, das von anderen zum Tod auf dem Meer verurteilt worden war? Letzteres konnte ich mir nicht vorstellen, da sie selbst ja grausige Furcht empfunden hatte, wie ihr verzerrter Gesichtsausdruck bewies. Das Geheimnis beschäftigte mich und die Crew bis zum nächsten Morgen. Dann nämlich stießen wir auf die Lösung des Rätsels. Aber ich will nicht vorgreifen.

Es war wie üblich frisch und neblig, als die Sonne aufging. Schon früh hatte ich die Besatzung an Deck beordert. Der Schiffsarzt hatte die Leiche der schönen Frau in Sackleinen gewickelt. Derart präpariert wartete sie nun darauf, in der kühlen See bestattet zu werden. Ich sprach ein Gebet und ein paar Abschiedsworte, die mir passend schienen. Dann hievten wir das Paket über Bord und sahen beim Vaterunser zu, wie es langsam in den Fluten versank.

Die nächsten Stunden vergingen in Routinearbeiten, die uns vorübergehend von dem Mädchen ablenkten. Gegen elf jedoch vernahm ich den Ruf des Schiffsjungen. Schon gestern hatte ich entschieden, dass wir – quasi als Beweisstück – das Boot des Mädchens an Bord behalten wollten. Danach hatte ich keinen Gedanken mehr daran verschwendet. Jetzt wurde es mir auf dramatische Weise ins Gedächtnis zurückgeholt. Hemmings, der Junge, hatte vom Ersten den Auftrag bekommen, nach dem Boot zu sehen und, falls erforderlich, Maßnahmen zu seiner Sicherung zu treffen. Und dabei stieß er auf das Buch.

Als ich am Boot eintraf, hielt er es in seiner Hand. Die halbe Besatzung stand um ihn herum, sodass ich mir meinen Weg zu ihm mühsam durch eine dichte Kette schwitzender Männerleiber bahnen musste. Schweigend hielt Hemmings mir seinen Fund entgegen. Es war ein Tagebuch. Das heißt, eigentlich war es das Logbuch eines Schiffes namens CAROL ANN. Doch nach einem Blick hinein sah ich, dass die Notizen des Kapitäns am Dienstag, den 11. November 1930 – also vor vier Wochen – plötzlich endeten und statt ihrer in kleiner ordentlicher Mädchenschrift Einträge folgten, die den Charakter von Tagebucheintragungen besaßen. Es war ohne Zweifel die Geschichte unserer Jane Doe.

Ich nahm das Buch an mich und brachte es in meine Kajüte. Der Tag war vollgestopft mit Arbeit, sodass ich erst am Abend dazu kam, es mir genauer anzusehen. Die Einträge des Kapitäns will ich überspringen, obwohl sie allein Stoff genug für ein spannendes Buch enthielten. Nur so viel: Bei der CAROL ANN handelte es sich um ein Handelsschiff, das am Morgen des 8. September in San Francisco mit dem Ziel Sydney gestartet war. Ungefähr auf der Hälfte der Strecke Neuguinea-Australien – also etwa dort, wo wir uns jetzt befanden – war sie in einen heftigen Sturm geraten. Das war am 3. Oktober gewesen. Hier endeten die Aufzeichnungen des Kapitäns. Das aufgequollene Papier und die verwischten Buchstaben, die ich nur mit Mühe entziffern konnte, hatten mich schon gleich am Anfang auf den Gedanken gebracht, dass die CAROL ANN gesunken war. Offenbar hatte Jane Doe das Logbuch als Treibgut gefunden und es fortan als Möglichkeit genutzt, ihre Erlebnisse aufzuschreiben. Die Schrift war anfangs gleichmäßig und mit ruhiger zarter Hand geschrieben. Doch je weiter ihre Erzählung gedieh, desto ungleichmäßiger wurden die Buchstaben und Wörter, als hätte sie die Kontrolle über ihre Handbewegungen verloren. Hatten ihre Hände gezittert? Hatte ihre Furcht am Ende schon lange vor ihrer Flucht mit dem winzigen Boot eingesetzt? Die Auflösung lag in den Seiten vor mir.

Und dies ist die Geschichte des Mädchens.

Mein Name ist Nora Watts. Ich wurde geboren am 10. Februar im Jahr des Herrn 1903. Mein Vater war William Watts, ein bekannter Bankier aus New York. Meine Mutter heißt Emily. Außerdem habe ich vier Geschwister, zwei Brüder und zwei Schwestern, allesamt jünger als ich. Ich wuchs in New York auf und besuchte dort die Miller-School für höhere Töchter. Meine Kindheit und Jugend waren unbeschwert. Neben der Schule konnten wir Kinder unseren Neigungen und Interessen nachgehen, weil wir die Möglichkeit besaßen. Vater verdiente in der Bank gutes Geld, sodass wir uns Bediente leisten konnten, die uns den Haushalt führten. Zeitweise gab es sogar eine Nanny, die auf uns Kinder aufpasste.

Im Nachhinein wundere ich mich, wie schnell die schönen Jahre vergingen, auch wenn es mir damals so vorkam, als würde die Zeit stillstehen. Auch die dunklen Jahre von 1914 bis 1918, die Europa mit einem grausigen Krieg überzogen, gingen spurlos an uns vorüber. Doch dann kam der 24. Oktober 1929, der Tag, der als Schwarzer Freitag in die Börsengeschichte einging. An einem einzigen Tag verloren wir unser gesamtes Vermögen, am Tag darauf Vater seinen Posten. Und am abermals nächsten Tag war Vater tot. Wie Tausende andere, die mit der Schmach plötzlicher Armut nicht leben konnten oder wollten, hatte er seinem Leben durch eigene Hand ein Ende gesetzt und Mutter und uns fünf Kinder unserem Schicksal überlassen. Plötzlich waren wir mittellos. Zum ersten Mal in unserem Leben erfuhren wir, was Hunger ist. Da wir kein Geld mehr hatten, verkauften wir nach und nach unseren Hausrat, bis irgendwann dann auch das Haus selbst an der Reihe war. Dies war ein halbes Jahr später. Nun waren wir also auch obdachlos. Es wurde schwierig für Mutter, die Familie zusammenzuhalten. Sie fand eine Stelle als Hausmädchen, aber uns Kinder konnte sie in der kleinen Kammer, die ihr von ihrer Herrschaft zugestanden wurde, nicht unte13rbringen. So teilten wir uns auf. Zum Glück waren wir, bis auf die kleine Lucy, die erst zwölf war und bei Mutter bleiben konnte, alt genug, um uns selbst um uns zu kümmern. Wir nahmen jede Arbeit an, die wir bekamen: als Hausmädchen, als Hausmeister, als Fabrik- und Hafenarbeiter. Aber stets waren es nur Tagelöhnerjobs, und es gab viele Tage, an denen wir nichts zu arbeiten hatten und infolgedessen Hunger leiden mussten. Irgendwann begannen wir zu stehlen, weil wir keine andere Möglichkeit mehr sahen, an Geld und Essen zu kommen. Wir schliefen unter Brücken und in leer stehenden, baufälligen Häusern.

Ach, es war eine schlimme Zeit, und ich will die Erinnerungen daran nicht festhalten. Deshalb komme ich jetzt an den Punkt, der mein Leben entscheidend verändern sollte. Oder sollte ich sagen: der der Beginn meines Todes war? Denn dass mein Abenteuer mit dem Tod enden wird, daran dürfte kein Zweifel bestehen. Allein auf weiter See, weit und breit kein Land in Sicht, kein Schiff. Kein

Essen, kein Wasser, dazu gnadenlose, glühend heiße Sonne. Nein, ich mache mir nichts vor. Lieber Leser, wenn du diese Zeilen liest, werde ich also wahrscheinlich tot sein. Aber ich möchte, dass die Nachwelt weiß, wie es dazu gekommen ist. Und ich hoffe, dass Nora Watts aus New York nicht völlig vergessen wird.

Irgendwann in jenen dunklen Monaten hörte ich, dass in Australien Hausmädchen gesucht wurden. Ich hatte bereits als solches gearbeitet, doch gleich mir waren Millionen anderer Mädchen und Frauen auf dieselbe Idee gekommen, sodass der Markt in den Vereinigten Staaten übersättigt und die Löhne so niedrig waren, dass man davon nicht mehr leben konnte. Ich suchte also nach einer Möglichkeit, nach Australien zu gelangen.

Ich fand sie in der CAROL ANN, einem Frachtschiff, das regelmäßig zwischen San Francisco und Sydney verkehrte. So machte ich mich also auf die lange beschwerliche Reise an die Westküste. Ich brauchte vier Wochen, weil ich mir immer wieder durch Tagelöhnerarbeit das Geld für die Bahn verdienen musste. Als Skelett kam ich schließlich am 8. Oktober in San Francisco an. Ja, als Skelett, denn durch das ständige Hungern, anders war das Geld für den Zug nicht zusammenzuhalten, war ich derart abgemagert, dass ich mehr einem Jungen als einer Frau ähnelte.

Wie es mir gelang, eine Passage für den Frachter zu erlangen, will ich lieber gar nicht erst berichten. Nur so viel: Ich musste an Bord arbeiten wie ein Sklave, von morgens bis abends putzen, wischen, Wäsche waschen, Essen zubereiten, und des Nachts... Ich fühlte mich während jener Wochen wie Defoes Moll Flanders. Auf der CAROL ANN verlor ich das letzte bisschen Würde, das ich noch besaß, und ich schwor mir, mich nie wieder so schmutzig und gebraucht zu fühlen. Ich hielt nur durch, weil ich das Ziel eines besseren Lebens vor Augen hatte. Wie konnte ich ahnen, dass alles noch schlimmer kommen sollte?

Am Morgen des 11. November, ringsum nichts als das weite, unendliche Meer, weit und breit kein Land in Sicht, gerieten wir in einen heftigen Sturm. Das Schiff begann zu schlingern. Da ich kein Seemann und infolgedessen an das Schaukeln des Schiffes nicht gewöhnt war, verbrachte ich die meiste Zeit an Deck, um meinen Magen sich entleeren zu lassen. Der Sturm wurde immer heftiger und entwickelte sich zu einem wahrhaftigen Hurrikan. Ich hörte nur noch, wie der Captain sagte: „Großer Gott, so was habe ich noch nie erlebt." Dann sah auch ich die gigantische Welle, die auf uns zurollte. Niemand musste mir sagen, was das zu bedeuten hatte. Wenige Sekunden später war sie heran. Die CAROL ANN, im Vergleich zu der Monsterwelle nicht mehr als eine Nussschale, hatte keine Chance und ging mit Mann und Maus unter. Verzweifelt bemühte ich mich, in der rauen See nicht unterzugehen, doch meine Kräfte waren rasch erschöpft und kamen gegen die entfesselten Urgewalten nicht an. Dann stieß mein Kopf an etwas. Bevor ich das Bewusstsein verlor, dachte ich nur, dass das mein Ende wäre.

Irgendwann kam ich wieder zu mir und wunderte mich, dass ich noch am Leben war. Als ich die Augen öffnete, sah ich einen strahlend blauen Himmel. Intensiver Sonnenschein wärmte meine Haut. Ich hörte das Plätschern des Wassers und fühlte eine schaukelnde Bewegung. Als ich mich aufrichtete, sah ich, dass ich in einem Boot lag. Ich erkannte, dass es das kleine Boot war, das die Männer der CAROL ANN immer genutzt hatten, wenn sie Erkundungen an Land eingezogen hatten. Es war klein, doch es hatte mich gerettet. Wie jedoch war ich an Bord gekommen?

Und dann sah ich, dass ich nicht allein war. Zu meinen Füßen lag ein Mann - der Kapitän der CAROL ANN. Ich brauchte nicht lange um zu erkennen, dass er tot war. Sein Körper war blutüberströmt. In der Hand hielt er etwas, das ich als das Logbuch der CAROL ANN erkannte. Sofort erinnerte ich mich an den Frachter und die vergangenen Ereignisse. Ich blickte mich um, doch weit und breit war nichts weiter als das unendliche Meer. Keine Spur von dem Schiff und seiner Besatzung.

Ich wandte mich wieder der Leiche des Kapitäns zu. Wie hatten wir beide es geschafft, an Bord dieses Bootes zu kommen? Ich konnte es mir nur so erklären, dass der Captain mich gerettet hatte und bei dem Versuch selbst schwer verletzt worden war. Offenbar war es ihm mit letzter Kraft gelungen, meinen Körper an Bord des Bootes, das durch glückliche Umstände den Untergang des Frachters überstanden hatte, zu hieven und anschließend selbst hineinzuklettern. Doch offenkundig waren seine Verletzungen so schwer, dass er letztendlich daran verstarb.

Ich wusste nicht, wie viele Stunden seit dem Untergang der CAROL ANN vergangen waren. Ich wusste nur, dass ich lebte und vermutlich die einzige Überlebende war. Und dass ich nichts weiter besaß als die Fetzen, die ich auf dem Leibe trug. Mutlos musste ich erkennen, dass die einzige Überlebende wohl nicht lange überleben würde. Denn zwar war es dem Kapitän gelungen, mich zu retten, doch unglückseligerweise gab es in dem kleinen Boot weder Wasser noch Nahrung. Und weit und breit kein Land in Sicht. Es war also nur eine Frage der Zeit, wann auch ich das Schicksal des Kapitäns und des Restes der Besatzung teilen würde.

Es dauerte auch nicht lange, bis mein Todeskampf begann. Die Sonne brannte vom Himmel herab, heiß und unerbittlich. Zuerst verbrannte sie meine Haut, dann trocknete sie mich aus. Welche Ironie des Schicksals: Ich war umgeben von Wasser und konnte es nicht trinken. Am Abend erinnerte mich ein lautes Knurren in meinem Bauch daran, dass ich auch etwas zu essen brauchte. Als die Nacht hereinbrach, wurde es kühler, und ich begann zu fieren. Trotzdem legte ich mich nieder und war irgendwann eingeschlafen.

Der nächste Tag verging genauso wie der vorhergehende. Sonne, Wasser. Sonne, Wasser… Hilflos meinem Schicksal ausgeliefert, begann ich zu weinen und zu beten. Meine Rettung musste doch einen Sinn haben. Ich konnte doch in dem Hurrikan nicht mit dem Leben davongekommen sein, nur um jetzt qualvoll zu verhungern und zu verdursten. Irgendwann überwand ich meine Trägheit und begann zu rudern. Eine Sisyphusarbeit, denn so sehr ich mich auch anstrengte, das Boot schien sich nicht von der Stelle zu rühren.

Als mein Blick zufällig wieder auf die Leiche des Kapitäns fiel, bemerkte ich, dass sein Körper bereits Spuren von Verwesung aufwies. Natürlich, wir waren in den Tropen, und dort verwesten Körper wesentlich schneller als in den gemäßigten Breiten der amerikanischen Ostküste. Was sollte ich tun? Die Vorstellung, mit einer vergehenden Leiche an einen Ort gefesselt zu sein, erzeugte Ekel in mir. Und so tat ich, was ich tun musste. Ich sprach ein schnelles Vaterunser, dankte ihm noch einmal für meine Rettung und warf den Captain dann über Bord. Im Nu versank der Körper im Wasser. Fortan war ich ganz allein. Das einzige, was mir geblieben war, war das Bordbuch der CAROL ANN.

Der Tag dümpelte dahin. Die nächste Nacht kam. Dann ein weiterer Tag, eine weitere Nacht. Am vierten Tag im Boot war ich am Ende meiner Kräfte war und bereitete mich auf meinen Tod vor. Da geschah das Wunder. Zuerst hielt ich es für eine Fata Morgana, eine Illusion, die mein sterbender Geist mir halluzinierte. Doch die Erscheinung blieb. Fern am Horizont war der vage Umriss einer Erhebung aufgetaucht. Eine Insel? Mein Herz pochte, und ich begann neue Hoffnung zu schöpfen. Die Stunden vergingen, doch die Erscheinung blieb. Nicht nur das, sie wurde größer, je näher ich kam. Sollte Gott doch ein Einsehen mit mir haben? Es war eine Insel, eindeutig. Ich jubelte, meine Rettung war nahe. Das Boot trieb direkt auf die Insel zu. Ich begann, hektischer zu paddeln, um die Geschwindigkeit des Bootes zu erhöhen. Ich paddelte wie wild, und tatsächlich kam die Insel näher. Meine Rettung. Mein Leben konnte weitergehen. Wie konnte ich ahnen, dass mir das Schlimmste noch bevorstand?

Ich erreichte die Küste des Landes, von dem ich nicht wusste, ob es Festland oder eine Insel war, am Abend. Mit der letzten Kraft, die mir geblieben war, zog ich das Boot an den Strand, der, dem Empfinden meiner Füße nach und so viel ich im Mondlicht sehen konnte, aus Sand bestand. Als das erledigt war, sprang ich wieder hinein. Sicherlich ein seltsames Verhalten, aber ich war todmüde, und da ich das Land, in das es mich verschlagen hatte, noch nicht kannte, schien es mir ratsam, die Nacht an dem Ort zu verbringen, den ich kannte und der mir sicher schien. So legte ich mich also im Boot nieder und war augenblicklich eingeschlafen.

In der Nacht wachte ich auf. Etwas hatte mich geweckt. Ich war mir nicht sicher, aber ich meinte, über das Brausen der Brandung hinweg einen Schrei gehört zu haben. Doch als ich mich darauf konzentrierte, war nichts mehr da. Ich zuckte die Achseln und legte mich wieder hin. Meine Gedanken waren wohl mit mir durchgegangen. Vor Durst und Hunger war ich kurz vor dem Delirium und richtig wach war ich auch nicht. Wahrscheinlich hatte ich nur geträumt und in meinem angeschlagenen Zustand Wahn und Wirklichkeit durcheinandergebracht. So war ich auch schnell wieder eingeschlafen.

Der nächste Tag brachte die endgültige Rettung. Die Sonne strahlte von einem wolkenlosen blauen Himmel, doch jetzt machte mir das nichts mehr aus. Ich war ja gerettet. So glaubte ich wenigstens. Gleich hinter dem Strand, nicht mehr als fünfzig Yards vom Wasser entfernt, begann ein Wald aus mir unbekannten Bäumen. Es waren Palmen dabei, aber das waren auch die einzigen Bäume, die ich erkannte, die anderen hatte ich noch nie in meinem Leben gesehen. Aber es waren auch nicht ihre Namen, die mich interessierten, sondern der Schatten, den sie spendeten. Und die Tatsache, dass sie da waren. Denn wo es Bäume gab, musste es auch Wasser geben. Ich musste nicht lange suchen. Keine hundert Schritt entfernt fand ich eine Quelle mit sauberem klarem Wasser, das aus einer Felsspalte sickerte und sich in einem Bach sammelte. Ich sprang in den Bach und schöpfte das Wasser mit beiden Händen. Es war kalt, aber es war süß. Das beste Trinkwasser, das ich je genossen hatte. Ich schlürfte ein Dutzend Handvoll Wasser, bis ich das Gefühl hatte, meinen Durst gestillt zu haben. Glücklich und zufrieden legte ich mich mit dem Rücken in den Bach, ließ das kalte Wasser über meinen Körper fließen, lachte und freute mich, dass ich lebte. Ja, es war wirklich eine Freude. Es war mehr. Ich war quasi von den Toten auferstanden. Das erste Mal seit Monaten spürte ich wieder die reine Lebensfreude in mir.

Derart beschwingt stand ich nach etlichen Minuten, die meinen Körper auf angenehme Temperaturen abgekühlt hatten, auf und ging weiter, denn zwar war mein Durst gestillt, aber immer noch wartete mein Magen darauf, gefüllt zu werden. Doch auch dieses Problem löste ich rasch. Ich fand Bananenbäume und jede Menge weiterer Früchte, die an verschiedensten Bäumen wuchsen und recht schmackhaft waren. Ich probierte sie alle, vorsichtig erst, für den Fall, dass es sich um Giftfrüchte handelte, doch erwiesen sich alle als genießbar und wohlschmeckend. Zwar bekam ich furchtbare Bauchschmerzen, doch diese waren nicht das Ergebnis der Früchte, sondern darauf zurückzuführen, dass ich unvorsichtig war. Nach den Tagen des Hungers hätte ich meinen Magen durch kleine Mengen langsam darauf vorbereiten müssen, dass er wieder zu tun bekam. Nun, die Schmerzen waren nicht schön, zumal Blähungen dazu kamen, aber damit konnte ich leben.

Den Rest des Tages verbrachte ich damit, das Land, das mich gerettet hatte, zu erkunden. Ich lief den Strand entlang, hinauf und hinunter, meilenweit, ohne an ein Ende zu gelangen. Und ohne auf Menschen zu stoßen. Dies fand ich bedenklich, ließ es mich doch befürchten, weit und breit der einzige Mensch auf diesem Stückchen Erde zu sein. Nun ja, die Hoffnung blieb, dass ich irgendwann doch noch auf Menschen stieß, denn der Strand dehnte sich schier unendlich in beide Richtungen, und vielleicht würde ich, wenn ich nur weit genug ging, auf Spuren von Zivilisation stoßen. Doch dafür musste ich besser ausgerüstet sein, denn ohne einen kleinen Vorrat an Wasser und Nahrung würde ich keine solche Expedition unternehmen. Dennoch nahm ich mir vor, an einem der nächsten Tage eine solche Reise anzutreten, sollte es mir nicht gelingen, im Landesinneren auf Menschen zu treffen. Denn das war mein nächstes Vorhaben: den Urwald zu durchstreifen, um in das Binnenland zu gelangen.

Ich zögerte nicht lange und setzte meinen Plan in die Tat um. Sorgfältig merkte ich mir die Stelle, wo ich an Land gespült worden war, weil dort das Boot lag und weil in der Nähe die Wasserstelle war, die mir das Überleben sicherte.

Leider war meine Armbanduhr im Salzwasser des Meeres kaputtgegangen, sodass ich nicht nachvollziehen konnte, wieviel Zeit beim Durchstreifen des Waldes verging, doch dass es Stunden waren, dessen war ich sicher. Der Wald war wie der Strand: unendlich. Ich marschierte und marschierte und kam nicht an sein Ende. Ich sah exotische Bäume, von deren Früchten ich hin und wieder naschte. Ich traf auf Insekten, die meine Haut zerstachen. Ich hörte Vögel, die fremdartige Laute von sich gaben. Doch ich sah nicht ein einziges größeres Tier. War das ein gutes oder ein schlechtes Zeichen?

Irgendwann beschloss ich umzukehren. Ich wollte meine Kräfte nicht überstrapazieren. Und wie es aussah, hatte ich ja noch jede Menge Zeit zur Erkundung.

Zurück am Strand bei meinem Boot stellte ich fest, dass ich beinahe nackt war. Das Geäst des dichten Waldes hatte das letzte bisschen Kleidung, das mir geblieben war, in ein Geflecht zerfetzter Strähnen und Fasern verwandelt, das man nicht mehr Kleidung nennen konnte. Weil die Fetzen störten und ohnehin nutzlos geworden waren, streifte ich sie gänzlich ab. So trug ich fortan nichts weiter als meine Haut und ein knappes Höschen, das meine Scham nur unzureichend bedeckte. Ich machte mir nichts daraus, denn wie es aussah, war ich hier ja mutterseelenallein. An den Füßen hatte ich noch meine Schuhe, die ich aber auszog, als ich bemerkte, dass es lächerlich aussah, Schuhe zu tragen, wenn man ansonsten nackt war. So begann ich mich also wie Robinson Crusoe zu fühlen oder wie ein primitiver Südseeinsulaner.

Das war nun mein erster Tag auf Watts Island, wie ich das Land, in dem ich gefangen war, für mich nannte, ohne zu wissen, ob es sich wirklich um eine Insel handelte. Mit Anbruch der Dunkelheit zog ich mich in mein Boot zurück, um eine weitere Nacht in diesem unbekannten Land zu verbringen.

Ich hatte noch nicht lange geschlafen, als ich durch etwas geweckt wurde. Schlaftrunken öffnete ich die Augen und blinzelte über den Bootsrand in die Nacht. Die Mondsichel und die Sterne, die heller leuchteten als in meiner alten Heimat, gaben ein silbriges Licht, das die Landschaft in eine geisterhafte Helligkeit tauchte. Das Meer lag still, der Strand war unberührt. Sanfter Wind strich über meine Haut und versetzte die Baumwipfel in eine wiegende Bewegung. Alles war genauso wie am helllichten Tag.

Und doch konnte ich mich eines drückenden Gefühls nicht erwehren. Was hatte mich geweckt? Eine seltsame Spannung bemächtigte sich meiner. Mir war plötzlich, als würden unsichtbare Augen mich beobachten.

Ich schüttelte den Gedanken ab. Mein Verstand sagte mir, dass ich mutterseelenallein war. Hatte ich nicht tags zuvor den ganzen Strandabschnitt und den Wald abgegrast auf der Suche nach Leben? Doch noch ehe ich diesen Gedanken zu Ende gedacht hatte, wusste ich, dass er auf tönernen Füßen stand. Wieviel Gelände hatte ich denn wirklich erkundet? Ich wusste ja nicht einmal, ob ich auf dem Festland oder auf einer Insel war.

Und dann hörte ich den Schrei. Einen Schrei so entsetzlich, wie ich noch nie zuvor etwas gehört hatte. So schrecklich, dass es mir die Gänsehaut über den Rücken jagte. Eine Stimme, die weder Mensch noch Tier gehörte.

Bis zu diesem Tag hatte ich nicht gewusst, was es wirklich bedeutet, wenn einem das Blut in den Adern gefriert. Jetzt erfuhr ich es am eigenen Leib. Ich verfiel in Schockstarre, mein Körper begann zu zittern und mir war tatsächlich so kalt, als stünde ich im Eisschrank.

Selbst in der Nachschau fällt es mir schwer, diesen Laut wiederzugeben. Dennoch will ich es versuchen:

III-ya-ya-ya-iii-ya-ya-ya-iii-iii-iii...

Und dann, so unvermittelt wie er begonnen hatte, hörte der Schrei wieder auf. Einfach so, als wäre nichts geschehen. Es verging eine kleine Zeit, in der ich in meinem Boot hockte und betete, dass es sich um ein Tier handeln möge, um etwas, das mir nicht gefährlich werden könnte.

Doch dann geschah das Unglaubliche. Der Schrei setzte wieder ein. Das Grauen begann wirklich und wahrhaftig von vorn. Tausend Gedanken jagten durch meinen Kopf. Was für ein Wesen war das, das einen solch entsetzlichen Laut ausstieß? Was bezweckte es damit? War es eine Warnung für mich, weil ich sein Territorium betreten hatte? Oder stand mir gar Schrecklicheres bevor?

Die Antwort fand ich nie heraus, und letzten Endes ist sie unerheblich. Möglicherweise war auch gar nicht der Schrei schuld an meinen nachfolgenden Handlungen, zumindest nicht er allein. Denn das Gefühl, beobachtet zu werden, hielt weiter an. Das waren schon zwei Faktoren, aber sie reichten aus, mich in Panik geraten zu lassen. Ich sprang aus dem Boot und lief ins Wasser. Und dann schwamm ich. Schwamm um mein Leben, wie ich dachte.

Als ich etwa hundert Yards vom Ufer entfernt war, hatte mich das Wasser soweit abgekühlt, dass ich wieder zu Verstand kam. Ich drehte mich um und betrachtete mein kleines Reich, aus dem ich vertrieben worden war. Und ich sah nichts. Alles lag da wie immer. Es war wirklich nichts zu sehen. Keine Tiere, keine Ungeheuer. Nichts. Ich begann an meinem Verstand zu zweifeln. Hatte ich geträumt? Hatte die Einsamkeit bereits ihre Spuren bei mir hinterlassen?

Doch ich musste nicht lange warten, dann war es wieder da:

III-ya-ya-ya-iii-ya-ya-ya-iii-iii-iii…

Ich unterdrückte die aufkommende Panik. Ich durfte nicht wieder in Schockstarre verfallen. Nicht hier, nicht im Wasser, was meinen sicheren Tod bedeutet hätte. Und plötzlich, trotz der Angst, die ich verspürte, rührte sich etwas in mir. Etwas wie Widerstand. Ein kleiner Funke nur, doch immerhin. Ein kleines Strohfeuer, das zu einem Entschluss führte. Was auch immer auf dem Land lauerte, es sollte mich nicht in der Nacht bekommen, wenn ich blind und hilflos war. Wenn die Konfrontation unvermeidlich war, wollte ich dem Ding, das diese grauenhafte Laute verursachte, bei Tageslicht begegnen, damit ich sehen konnte, mit was ich es zu tun hatte. Und so beschloss ich, die Nacht im Wasser zu verbringen und nicht eher zurück an Land zu gehen, bis die Sonne hinter dem Horizont hervorkam.

Die Stunden tröpfelten dahin wie Blei. Meine Kräfte schwanden, ich musste gegen die Müdigkeit kämpfen. Zu allem Überfluss brach das Schreien nach dem dritten Mal ab, sodass ich mich zu fragen begann, ob ich mit meiner Flucht ins Wasser nicht überreagiert hatte. Als ich nicht mehr konnte, schwamm ich Richtung Ufer, bis ich Boden unter den Füßen spürte. Nun konnte ich wenigstens stehen und musste nicht mehr befürchten, entkräftet unterzugehen. So wartete ich, bis der Morgen dämmerte. Erst als die Sonne das unbekannte Land beschien und den Horror der Nacht in ein tropisches Paradies verwandelte, wagte ich mich wieder an Land. Mein Weg führte mich direkt zu meinem Boot. Mir fehlte der Schlaf der Nacht. Zudem hatte mich das stundenlange Schwimmen erschöpft. Ohne weiter nachzudenken, stieg ich in das Boot und legte mich zum Schlafen nieder. Mein Magen knurrte, aber das war mir in diesem Moment egal. Ich wollte nur noch schlafen.

Als ich aufwachte, war es früher Nachmittag, den ich mit einem Bad im Meer begann. Was hätte ich für Seife und eine Bürste gegeben. Nun ja, ich tröstete mich damit, dass ich kein Mann war, der sich mit dem Problem des Bartwuchses beschäftigen musste. Gleichwohl machte ich mir Gedanken um meine Beine, denn irgendwann würden dort die Haare sprießen. Ich verscheuchte die Gedanken und versuchte, das Bad zu genießen. Immerhin spülte das Wasser den Schweiß von meinem Körper und erfrischte mich durch seine angenehme Kühle.

Nach dem Baden begab ich mich, nass wie ich war, in den Wald, um nach Früchten zu suchen, mit denen ich meinen Hunger stillen konnte. Wenigstens würde ich nicht den Hungertod erleiden, denn die Auswahl an essbaren Früchten war wirklich groß. Wasser hatte ich auch genug. Also war mein Überleben gesichert. Nur die nächtlichen Schreie... Solange ich nicht wusste, um was für ein Wesen es sich handelte, würde ich es als Gefahr für Leib und Leben einstufen. Eine Gefahr, gegen die ich mich wehren musste.

Schon seit Stunden geisterten Gedanken durch meinen Kopf, die sich mit Verteidigung befassten. Ich hatte keinerlei Waffe, nicht einmal ein Messer, es sei denn, ich könnte den Stift, der dem Logbuch der CARIOL ANN beilag, als Stichwaffe nutzen. Nun gut, das war besser als nichts. Doch eine andere, effektivere Waffe wurde mir durch Zufall in die Hände gespielt.

Bei meinen Streifzügen durch den Wald fand ich einen gerade gewachsenen stabilen Ast, der in seiner Form an einen Baseballschläger erinnerte, und den ich gut als Schlagknüppel verwenden konnte. Fortan war dieser Ast mein ständiger Begleiter.

Nun war ich also bewaffnet. Aber ein weiteres Problem galt es zu lösen. Wie sollte ich meine Nächte verbringen? Ich konnte nicht jede Nacht aufs Meer hinausschwimmen und paddelnd auf den nächsten Tag warten; dies war eine sichere Methode, den Erschöpfungstod zu sterben. Der Gedanke, das Boot ins Wasser zu lassen und so die Nacht zu verbringen, schied von vornherein aus; denn wer wusste, wohin mich die Strömung treiben würde? So blieb im Grunde nur eine Lösung übrig, und nach kurzer Suche hatte ich das Objekt meiner Begierde auch schon gefunden: einen Baum, der knorrig und ausladend genug war, um einem geschickten Kletterer Schutz und Logis zu gewähren. Die Lage war ideal, gerade am Rand des Waldes und nahe genug an meinem Boot, sodass mir immer noch eine schnelle Flucht als Ultima Ratio blieb.

Nach einigen Versuchen hatte ich heraus, wie ich den Baum am besten bestieg. In fünf Yards Höhe gab es eine Stelle, von der mehrere dicke Äste abgingen und die genügend ebene Fläche bot, um einer zierlichen Person wie mir einen bequemen Aufenthalt zu ermöglichen. Die Höhe sollte mir Schutz genug vor wilden Tieren bieten. Ich schleppte noch den Rest meiner zerfetzten Kleider sowie den Mantel des Kapitäns, den ich ihm vor seiner Seebestattung ausgezogen hatte, nach oben, und schon war mein kleines Nest fertig. Ich probierte es sogleich aus, setzte mich, legte mich hin, und befand es als den schönsten Ort der Welt. Dies war nun also meine neue Schlafstatt.

Da der Tag schon weit fortgeschritten war, beschloss ich, für heute keine weiteren Erkundungen durchzuführen. Dies nahm ich mir für den nächsten Tag vor. So stromerte ich herum, suchte mir einen kleinen Essensvorrat zusammen, nahm ein ausgiebiges Erfrischungsbad in meinem kleinen Süßwasserteich und begab mich rechtzeitig vor Beginn der Abenddämmerung in mein Nest.

Anfänglich wollte es mir nicht gelingen einzuschlafen. Düstere Gedanken plagten mich. War mein Versteck wirklich sicher? Was, wenn das unbekannte Lebewesen in der Lage war, Bäume hinaufzuklettern? Mehr als meinen Knüppel hatte ich nicht. Konnte ich es damit besiegen? Ich hatte Angst, und diese verließ mich auch meiner relativen Sicherheit zum Trotz nicht. Dennoch musste ich irgendwann eingeschlafen sein, denn als ich erwachte, war es stockfinstere Nacht. Was hatte mich aufgeweckt? Ich lauschte. Und tatsächlich – da war es wieder:

III-ya-ya-ya-iii-ya-ya-ya-iii-iii-iii…

Ich konnte nicht verhindern, dass mein Körper sich verkrampfte. Verzweifelt schloss ich die Augen und hielt mir die Ohren zu. Und betete. Betete, naiv wie ein Kind. „Bitte, lieber Gott, mach, dass das Monster verschwindet und mich verschont." Ich weiß nicht, wie ich auf den Begriff Monster kam, aber fortan schwebte er in der Luft und verstärkte meine Ängste.

Das Zuhalten der Ohren nützte nichts. Ich konnte das Jaulen immer noch hören, gedämpft zwar, doch es war noch da. Irrte ich mich, oder war es lauter als gestern? Ich nahm die Hände herab. Der dritte Schrei erklang. Ja, es war eindeutig lauter. Das konnte nur eines bedeuten…

Den Knüppel in der Hand, hockte ich da und betete. Ich bereute alle meine Sünden und bat Gott inständig, mir beizustehen. Denn der Knüppel war nutzlos in dieser meiner verzweifeltsten Stunde. Ja, nutzlos, denn dadurch, dass mein Körper krampfte, konnte ich ihn nicht benutzen. Wie ein lästiges Anhängsel, wie ein nutzloser Körperteil klebte er in meinen Händen. So hatte ich mir das nicht vorgestellt. All meine glorreichen Vorstellungen von Widerstand schmolzen dahin wie Schnee in der Sonne. Ich war nur noch Opfer.

Doch als wäre es ein Ritual oder eine für mich nicht erkennbare Gesetzmäßigkeit: Nach dem dritten Mal hörte das Schreien auf. Genau wie gestern. Ich lauschte auf andere Geräusche – Tritte, raschelndes Laub, brechende Zweige, irgendetwas, dass das Näherkommen eines Lebewesens verkündete. Nichts. Das Monster war wie vom Erdboden verschwunden. Bis heute weiß ich nicht, warum der Schrei immer genau drei Mal ertönte und dann verstummte. Aber so war es. Und ich weiß nicht, ob es gut oder schlecht war. Bedeutete das Schweigen nur die Ruhe vor dem Sturm? Wollte das Monster mich nur in Sicherheit wiegen, um dann mit umso grausamerer Plötzlichkeit zuzuschlagen? Doch blieb ich den Rest der Nacht unbehelligt. Und irgendwann war ich auch wieder eingeschlafen.

Der nächste Morgen war so paradiesisch wie der vorhergegangene. Nichts deutete auf die Schrecken der Nacht hin. Aber sie waren in meinem Bewusstsein, und ich musste mit dem Wissen leben, dass es sich nicht um einen Traum gehandelt hatte. Trotzdem war es wichtig, dass ich meine eigenen Rituale einhielt, um nicht dem Wahnsinn zu verfallen. Ich begann den Tag mit einem Bad im Meer und einem Obstfrühstück im Wald. Derart gestärkt marschierte ich los. Mein Tagesziel für heute war, am Strand entlangzuwandern. Zum einen wollte ich damit erkunden, ob ich auf einer Insel war, und zum anderen bezweckte ich, mich nicht zu weit vom Ufer zu entfernen für den Fall, dass ein Schiff am Horizont auftauchte. So lief ich also Meile um Meile.

Die Küste war zerklüftet, doch bewegte ich mich stets auf feinem weichen Sand. Zwischendurch überzeugte ich mich immer wieder durch kurze Gänge in den Urwald, ob die Bäume mir Nahrung boten, was der Fall war, sodass ich ungetrübt weitermarschieren konnte. Ich lief den ganzen Tag, ohne zu einem Ende zu kommen. Überall sah es genauso aus wie an meiner Landungsstelle: Sandstrand und Urwald. Als die Nacht heranbrach, suchte ich mir einen Baum, auf dem ich schlafen konnte. Ich fand ein Exemplar, das nicht ganz so bequem war wie mein Lager der vergangenen Nacht, aber für eine Nacht würde es reichen. So schlief ich ein, träumte von Ungeheuern und Schiffsuntergängen, und wachte am nächsten Morgen frisch und ausgeruht auf.

Und wunderte mich. War ich so müde gewesen, dass keine zehn Pferde mich aufgeweckt hätten? Oder war es tatsächlich ausgeblieben? Tatsache war: Ich hatte in der Nacht keine Schreie gehört. Hieß das, das Monster war fort? Hatte es mein Land verlassen? Oder hatte es ein begrenztes Revier, das ich durch meine Wanderung verlassen hatte? Hoffnung keimte in mir auf. Vielleicht kam ich ja doch mit dem Leben davon.

Zu diesem Zeitpunkt konnte ich nicht ahnen, dass ich mich zu Unrecht in Sicherheit wog und es sich nur um die Ruhe vor dem Sturm handelte. Doch ich will nicht vorgreifen, sondern mich an den chronologischen Ablauf der Ereignisse halten.

Nachdem ich gebadet und gefrühstückt hatte, machte ich mich wieder auf den Weg. Auch an diesem Tag schaffte ich ein ganz schönes Stück. Als ich des Abends auf einen Baum kletterte, nahm ich mir vor, höchstens einen weiteren Tag zu marschieren. Wenn ich dann immer noch nicht meinen Ausgangspunkt erreicht hatte, würde feststehen, dass ich auf dem Festland war. Oder zumindest auf einer nicht gerade kleinen Insel.

Wieder wachte ich auf, ohne durch das grauenhafte Schreien geweckt worden zu sein. Wieder nahm ich meine Wanderung auf. Unnötig zu erwähnen, dass mein Ausschauen nach einem Schiff nicht von Erfolg gekrönt war.

Im Laufe dieses Tages passierte das, was ich insgeheim befürchtet hatte. Am späten Nachmittag kam ich an meinem Ausgangspunkt an. Ich fiel auf die Knie und begann zu weinen. Mein Albtraum war Wirklichkeit geworden. Ich war gefangen auf einer Insel. Gefangen mit einem Monster, das mein Leben in Gefahr brachte.

Sicher verging eine halbe Stunde, die ich heulend und voll Selbstmitleid im Sand liegend verbrachte, bis mein Überlebenswille sich meldete und mir befahl, mich für die Nacht auf meinen Baum zurückzuziehen. Als ich dann dort hockte und der untergehenden Sonne zusah, haderte ich mit meinem Schicksal. Wie lange würde ich diesen Zustand aushalten? Würde mich das Monster eines Tages zu fassen kriegen? Oder würde ich dem Wahnsinn verfallen, von dem ich nicht mehr weit entfernt war?

In dieser Nacht gelang es mir nicht einzuschlafen. Zusammengekauert hockte ich da und wartete auf das Unvermeidliche. Es dauerte Stunden, aber es kam. Wie ein Blitz aus heiterem Himmel war es plötzlich da.

III-ya-ya-ya-iii-ya-ya-ya-iii-iii-iii…

Mir sträubten sich die Haare. Und zum ersten Mal wurde mir auch richtig übel, sodass ich mich erbrechen musste. Doch nach drei grausigen Schreien war wieder Schluss. Ich lauschte noch eine Weile. Nichts. Wie erwartet, verlief der Rest der Nacht ruhig und ungestört. Während ich darüber grübelte, was es mit dieser seltsamen Gesetzmäßigkeit von immer exakt drei Schreien auf sich hatte, schlief ich ein.

Am nächsten Tag beging ich den größten Fehler meines Lebens. Ich wachte schon früh auf. Die Sonne stand knapp über dem Horizont. Aber da ich nicht mehr schlafen konnte, stieg ich von meinem Baum herab. Ich führte meine Tagesroutine durch – ein Bad im Meer und Frühstück im Wald – und begann den Tag zu planen. Ich hatte mir vorgenommen, an diesem Tag das Inselinnere zu erkunden. Zum einen wollte ich wissen, wie Watts Island, wie ich die Insel für mich nannte, aussah – ich kannte ja bisher wenig mehr als den Strand. Zum zweiten hegte ich die aberwitzige Hoffnung, auf das Versteck des Monsters zu treffen und dieses vielleicht im Schlaf erschlagen zu können.

Doch bevor ich aufbrach, sammelte ich Treibholz und trockene Zweige aus dem Wald zusammen, schichtete sie am Strand auf und versuchte, ein Feuer zu machen. Da ich den Strand während meiner Inselerkundung nicht im Blick haben würde, hoffte ich, eventuell vorbeifahrende Schiffe auf diese Weise auf mich aufmerksam zu machen. Ich wusste, dass viele Eingeborene Feuer erzeugten durch Reibung von Holzstöckchen. So etwas hatte ich auch schon im Kino gesehen, und es hatte ganz einfach ausgesehen. Als ich es jetzt aber selbst ausprobierte, musste ich erkennen, dass das Entfachen von Feuer mit der bloßen Hand ein Handwerk war, das ich nicht beherrschte. So sehr ich mich bemühte, ich brachte keinen Funken zustande. Wütend warf ich schließlich die Hölzchen fort, trat mit dem Fuß gegen das aufgeschichtete Holz und machte mich auf den Weg.

Gegen Mittag war ich schon so tief in den Urwald eingedrungen, dass der Strand nicht mehr zu sehen war. Dichte Baumkronen filterten das Sonnenlicht und zauberten Reflexe auf meinen Körper, die mich wie ein Zebra aussehen ließen. Je tiefer ich eindrang, desto dunkler wurde es. Bald ließen die Baumwipfel kein Sonnenlicht mehr von oben herein. Zu der dämmrigen Helligkeit gesellte sich jetzt eine unangenehme Kälte, die mich daran erinnerte, dass ich nackt war. Nicht dass ich fror, aber der Temperaturunterschied zum Strand war gewaltig. Doch das war nicht die einzige Unbill, die mein Körper erleiden musste. Auf meinem Weg trat ich immer wieder auf spitze Gegenstände – Zweige oder herabgefallene Früchte, die Schalen mit Stacheln besaßen –, die mir in die Füße schnitten und blutige Stellen hinterließen, und ich fluchte, dass ich nicht daran gedacht hatte, meine Schuhe anzuziehen. Immer wieder auch peitschten zurückschnellende Zweige meine Haut und überzogen sie mit blutigen Striemen. Dazu kamen die Stiche von Millionen Insekten, die mich aussaugten wie Vampire. Durch all diese Unannehmlichkeiten sah ich bald selbst aus wie ein Monster. Doch marschierte ich tapfer weiter, mein Ziel nicht aus den Augen verlierend.

Ich konnte noch nicht lange gegangen sein – da ich noch keinen Hunger verspürte, konnten höchstens zwei Stunden vergangen sein -, da stieß ich auf eine merkwürdige Veränderung der Landschaft. Der dichte Wald lichtete sich zusehends, bis ich auf eine Lichtung gelangte, eine Stelle mitten im Urwald, die bar jeden Baumes war. Dunkle Erde füllte die Fläche aus, die etwa hundert mal hundert Fuß umfasste. Das Bemerkenswerteste jedoch war der Hügel, der wie ein winziger Berg aus dem Boden ragte und in Form eines geometrischen Kegels majestätisch in der exakten Mitte der Lichtung thronte.

Während ich auf das Ding starrte, ergriff mich die Ehrfurcht. Gänsehaut überzog meinen Körper. Auf was war ich da gestoßen? War der Kegel natürlichen Ursprungs? Oder war er künstlich angelegt? Ich trat näher. Das Ding war etwa fünfzehn Fuß hoch und an der Basis genauso breit. Je länger ich es betrachtete, desto größer wurde meine Überzeugung, es mit einer künstlichen Kreation zu tun zu haben. Zu regelmäßig war der ganze Aufbau, um ein auf natürliche Weise entstandener Felsen zu sein. Ich umrundete den Kegel, um mir seine Beschaffenheit anzusehen. Kein Makel zierte seine Oberfläche. Ich fasste ihn mit der Hand an. Kühler, normaler Stein. Was, in Gottes Namen, hatte ich vor mir? Wer hatte dieses Werk erschaffen? War ich am Ende doch nicht allein auf der Insel?

Automatisch fasste ich meinen Knüppel fester. Meine Augen suchten die Umgebung ab, konnten jedoch nichts entdecken. Und auf einmal spürte ich die totale Einsamkeit dieses gruseligen Ortes. Ich sah nichts, ich hörte nichts, ich roch nichts. Ja, nicht einmal meine Haut fühlte den leichtesten Hauch eines Windes. Es war, als wäre die Zeit gefroren. Mein Magen zog sich zusammen. An welch unglückseligen Ort war ich hier geraten?

Trotz allem ließ mich das unheimliche Gebilde nicht aus seinem Bann. Wenn es tatsächlich künstlich erschaffen war, welchem Zweck diente es? War es ein Kunstwerk, ein Denkmal oder dergleichen? Oder diente es einem praktischen Nutzen? Meine Augen hatte die ganze Zeit den Boden rund um das Gebilde betrachtet, ohne dass es mir bewusst geworden war. Noch während mein Gehirn pausenlos Fragen produzierte, machten meine Augen eine Entdeckung: Es schien, als wäre der Boden an einer Stelle unmittelbar an dem Kegel lockerer als auf dem Rest der Fläche.

Ich hockte mich nieder und begann die Stelle mit meinen Händen abzutasten. Tatsächlich. Es sah aus und fühlte sich an, als wäre die Erde frisch aufgeworfen. Was hatte das nun wieder zu bedeuten? Ein Tier, das sich an dieser Stelle in die Erde gegraben hatte? Ich wollte es einfach wissen und begann mit bloßen Händen zu graben. Die Erde war recht locker, und so hatte ich binnen weniger Minuten die nächste Überraschung freigelegt. Vor mir lag ein Loch, eine Art Durchschlupf. Und dahinter konnte ich vage die Umrisse einer Höhle entdecken.

Mein Herz schlug schneller. Eine Höhle unter dem Kegel? Meine Neugier war geweckt. Dort musste ich hinein. Mein Problem war, dass ich kein Licht hatte, um die Höhle auszuleuchten und mich darin zurechtzufinden. Trotzdem konnte ich dem Drang nicht widerstehen.

Ich legte mich vor den Eingang und schaute hinein. Das Tageslicht reichte nicht weit. Ich konnte erkennen, dass der Eingangsbereich zwar klein war, aber einer kleinen Person wie mir durchaus Unterschlupf bot, ohne dass ich mich bücken musste. Die Höhle schien tief in das Innere der Insel zu führen. Ein leichter Lufthauch, kühl wie eine Meeresbrise in Neuengland, strich über meine Haut und ließ meine Härchen sich aufrichten. Ein strenger Geruch stieg mir in die Nase, ein Gestank, der mich sofort an ein Raubtier erinnerte, an einen Löwen oder Tiger oder…

Plötzlich klopfte mein Herz ein wahnsinniges Stakkato. Hatte ich etwa den Unterschlupf des Monsters gefunden, das mich Nacht für Nacht traktierte und mir den Schlaf raubte? Ich klammerte den Knüppel fest an mich und überlegte. Was, wenn ich eindrang und das Monster fand? Würde ich es wirklich mit einem jämmerlichen Holzschläger erledigen können? Meine Hoffnung war, dass es tagsüber schlief und ich es einfach im Schlaf totschlagen könnte. Doch würde es so einfach sein? Die Zweifel nagten an mir. Trotzdem, ich musste es versuchen. Diese Insel war einfach zu klein für uns beide. Entweder das Monster oder ich.

Hätte ich in diesem Augenblick daran gedacht, dass diese Insel sich durch das Fehlen jeglichen tierischen Lebens auszeichnete und dies ja einen Grund haben musste, wäre ich wahrscheinlich sofort geflohen und hätte die Höhle und auch die ganze Insel ohne Skrupel zurückgelassen. Doch in diesem Augenblick hatte ich beschlossen, die Höhle zu betreten. Ich zwängte mich also durch die Öffnung, und in der nächsten Sekunde war ich im wahrsten Sinne des Wortes in der Höhle des Löwen.

Es war kühl und ich begann zu frieren. Meine Arme und Beine zitterten, doch nicht vor Kälte. Ich ignorierte den Gestank und ging los. Der Eingangsbereich mündete in einen runden Gang, den ich bequem durchlaufen konnte. Es roch nach Erde, und soweit ich sehen konnte, war es auch die nackte Erde, in die der Gang gewühlt worden war. Auf welche Weise, vermochte ich nicht nachzuvollziehen. Tatsache war jedenfalls, dass der Gang geometrisch exakt gegraben worden war, wie von einem riesigen Regenwurm. Ich entdeckte jedoch keinerlei Schleim, sodass es weiter meiner Fantasie überlassen war, sich auszumalen, wie mein Monster aussah.

Was ich allerdings entdeckte, waren helle Gegenstände von unterschiedlicher Länge, die wahllos verstreut auf dem Boden lagen. Ich hob einen davon auf und betrachtete ihn näher. Eisiger Schrecken durchfuhr mich, als ich erkannte, um was es sich handelte. Ein Knochen! Ein abgenagter Knochen, von dem ich hoffte, dass er einem Tier gehörte. Angewidert ließ ich ihn fallen. Knochen ringsumher. Wie ein Tierfriedhof. Doch das war es mit Sicherheit nicht. Ich ahnte, dass es sich um Beute handelte, Tiere, die mein Monster gefressen und deren Knochen es achtlos hier liegen gelassen hatte. Was bedeutete, dass ich vielleicht tatsächlich seine Behausung gefunden hatte.

Ich schüttelte meine ängstlichen Gedanken ab und ging weiter. Nach wenigen Schritten schon wurde es stockfinster. Es war so dunkel, dass ich wahrhaftig die Hand vor Augen nicht sah. Ich kapitulierte. Unter diesen Umständen weiterzugehen, war sinnlos. Es war nicht nur sinnlos, es war gefährlich. Schließlich musste ich damit rechnen, dass das Biest im Dunkeln sehen konnte. Damit war es im Vorteil, meiner treuen Schlagwaffe zum Trotz. Ich blieb stehen. Was hatte ich mir nur dabei gedacht? Ich hatte doch schon draußen gesehen, dass die Finsternis mir ein Eindringen unmöglich machte. Ich senkte den Kopf und wandte mich um, schweren Herzens den Rückweg antretend. In diesem Moment hörte ich es.

Ein schleifendes Geräusch. Hinter mir. Als kröche etwas Schweres über den Boden. Ich hielt den Atem an und lauschte. Nein, es gab keinen Zweifel. Da war tatsächlich etwas. Und es kam näher.

In das Schleifgeräusch mischte sich jetzt ein heiseres Knurren. Das Monster war erwacht. Es hatte meine Witterung aufgenommen. Und was es wollte, war eindeutig.

Plötzlich wurde es kälter, so kalt, als wäre Winter ausgebrochen. Ich fror entsetzlich. Meine Glieder zitterten, gleichzeitig war ich starr vor Angst. Mein Gehirn schrie Flieh, aber meine Muskeln gehorchten mir nicht.

Das Monster kam näher. Deutlich hörte ich jetzt sein Schnauben. Und immer noch konnte ich mich nicht von der Stelle rühren. Es war wie verhext. Mein Schicksal schien besiegelt. Und dann, als das Monster meinem Empfinden nach nur noch wenige Fuß entfernt war, gelang es mir wie durch ein Wunder, meine Starre zu überwinden. Zitternd setzten meine Beine sich in Bewegung, wurden schneller und brachten mich schließlich aus der Höhle. Endlich im Freien lief ich weiter. Ich ließ den Knüppel fallen und lief und lief. Nur fort von diesem unglückseligen Ort. Ich achtete nicht darauf, ob das Monster mir tatsächlich folgte. Ich lief einfach weiter.

Obwohl es nur Minuten gewesen sein konnten, hatte ich das Gefühl, den Strand erst nach Stunden erreicht zu haben. Doch auch hier hielt ich nicht an. Immer weiter trieb mich meine hektische Panik. Bis ans andere Ende der Insel. Soweit fort von dem Monster wie möglich.

Außer Atem sank ich schließlich auf die Knie. Ich besaß noch genug Verstand, den Wald nach einem passenden Baum abzusuchen, der mein neues Versteck werden sollte. Nach kurzer Suche schon fand ich einen, der meiner ersten Schlafstatt ähnelte und mir ebenso viel Platz bot. Nur fehlten mir hier meine Sachen, sodass mein neues Lager kahl und öde blieb.

Die nächsten Stunden verbrachte ich auf dem Baum, hielt Ausschau nach dem Monster und leckte meine Wunden. Wie hatte ich nur so anmaßend sein können, in das Revier dieser Bestie einzudringen? Kein Wunder, dass sie aufwachte und mich vertrieb. Doch wie es aussah, hatte sie sich mit meiner Vertreibung zufriedengegeben. So sehr ich mich auch anstrengte, außer dem Rauschen des Meeres konnte ich nichts hören.

Der Abend dämmerte schon, und das Monster war immer noch nicht aufgetaucht. Entweder hatte es meine Witterung verloren oder die Verfolgung gar nicht erst aufgenommen. Wie auch immer, jetzt fühlte ich mich sicher genug, mein Versteck zu verlassen. Denn mittlerweile quälten mich Durst und Hunger. Glücklicherweise fand ich Wasser und Früchte in meiner unmittelbaren Umgebung, sodass ich meinen sicheren Bereich nicht verlassen musste. Nach einem Bad im Meer betrachtete ich meine Wunden. Mein Körper wies etliche Schrammen und Striemen auf, dort, wo mich die

Äste der Bäume geschnitten hatten, ohne dass ich es gemerkt hatte. Ich spürte sie kaum; sie würden heilen, ohne Narben zu hinterlassen. Mein Höschen hingegen war nur noch ein Konglomerat von Fetzen, die an einem Gummiband hingen. Ich hätte es genauso gut ausziehen und völlig nackt herumlaufen können. Doch irgendwie bedeutete dieses winzige Stück Textil für mich den Unterschied zwischen Wildnis und Zivilisation.

Bevor es völlig dunkel wurde, suchte ich meine Umgebung nach einem neuen Knüppel ab, hatte jedoch keinen Erfolg. Dann musste es eben ohne gehen. Müde zog ich mich schließlich auf meinen Baum zurück und war in Sekundenschnelle eingeschlafen.

Ich hatte das Gefühl, nicht lange geschlafen zu haben, als mich etwas weckte. Da waren Geräusche, die ich vorher nicht vernommen hatte: das Rascheln von Blättern, Knacken von Unterholz... Ich kauerte mich vor Angst zusammen. Es klang, als würde sich etwas oder jemand meinem Versteck nähern. Mit zitterndem Körper lauschte ich. Tatsächlich, die Geräusche wurden lauter, was bedeutete, dass sie näher kamen.

Ich hielt die Luft an, um mich nicht durch lautes Atmen zu verraten. Doch das Unbekannte kam näher, und ich hatte keinen Zweifel, dass es sich dabei um das Monster handelte. Wie, um alles in der Welt, hatte es mich nur gefunden, fragte ich mich verzweifelt. Konnte es doch noch meine Witterung aufgenommen haben? Roch es meinen

Angstschweiß? Jedenfalls war es jetzt da.

Zwischen den Bäumen hindurch versuchte ich etwas zu sehen, aber es war stockfinstere Nacht und ich sah nicht einmal die Hand vor Augen. Doch plötzlich stutzte ich. Täuschte ich mich oder hatte ich tatsächlich etwas gesehen? Vielleicht halluzinierte ich schon. Es wäre wohl kein Wunder, wenn ich angesichts der furchtbaren Gefahr, in der ich schwebte, in den Wahnsinn verfiel. Doch ich schwöre Stein und Bein, dass ich in jenem Augenblick ein rötliches Leuchten zwischen den Bäumen sah. Genauer gesagt: zwei rote Punkte, die sich gleichzeitig bewegten, wie ein paar Augen.

Das Rascheln und Knacken näherte sich weiter, die roten Augen wurden größer. Mein Herz schlug bis zum Hals. Was sollte ich tun? Es war Nacht; fliehen konnte ich nicht, ich sah ja nichts. Vielleicht war Flucht ohnehin zwecklos. Jetzt, wo das Monster meine Witterung aufgenommen hatte, würde es mich nicht mehr aus seinem Revier entlassen.

Und dann geschah etwas Seltsames. In jenem Augenblick, der Stunde meiner größten Not, wurde ich plötzlich ganz ruhig. Während meine Ohren weiterhin das Knacken der Äste und das Rascheln des Laubes vernahmen, in das sich nun noch ein Schnauben wie von einem wilden Stier mischte, während all dieser fürchterlichen, tödlichen Laute schloss ich meine Augen. Und begann zu beten. Das Vaterunser, das Ave Maria, alles, was mir einfiel. Ein tiefer Frieden umfing mich und ich war bereit. Bereit zu sterben. Das Monster hatte mich gefunden, das war eine Tatsache. Was es mit mir anstellen würde, war eine Spekulation, die ich nicht ausführlicher betrachten wollte. Ich betete nur, dass es schnell ging, dass es mich nicht quälte, sondern einfach und schnell tötete.

Dann kam der Schrei. Der bekannte, ins Mark gehende Schrei. Ich zuckte zusammen, verhielt mich aber weiterhin ruhig in Erwartung meines nahen Todes. Der Schrei konnte mir nun nichts mehr anhaben. Er brannte sich in mein Gehirn, aber es war gleichgültig. Egal, was geschah, in diesem Augenblick meines inneren Friedens konnte mich nichts mehr erschüttern.

III-ya-ya-ya-iii-ya-ya-ya-iii-iii-iii…

Wie die Nächte zuvor. Nur lauter dieses Mal. Drei Mal. Dann wieder die plötzliche Stille. Ich hielt die Augen geschlossen, wartete auf den Angriff. Der nicht erfolgte. Ich wartete weiter. Doch nichts geschah. Fünf Minuten, zehn Minuten, eine Ewigkeit. Nach wer weiß wie langer Zeit wagte ich schließlich, die Augen zu öffnen, nachdem das Monster immer noch nicht angegriffen hatte. Seltsamerweise war alles so ruhig wie vor dem Angriff. Und auch die rot glühenden Augen waren verschwunden. Kein Zweifel, es war fort. Das Monster war verschwunden. Und es hatte mich leben lassen. Ich verstand die Welt nicht mehr. Wollte es mit mir spielen, wie die Katze mit der Maus? Oder hatte Gott mein Gebet erhört? Ich wusste es nicht. In dieser Minute war ich einfach nur froh, dass ich noch lebte. Und jetzt wollte ich auch weiterleben. Und so fasste ich meinen verhängnisvollen Entschluss.

Dies sollte meine letzte Nacht auf der Insel sein. Ich wusste, noch eine Nacht würde ich nicht überstehen, die fortwährende Bedrohung würde mich in den Wahnsinn treiben. Nein, wenn ich schon sterben sollte, dann nicht durch die Zähne und Klauen des Monsters. Aber erst einmal würde ich leben. Vielleicht nur für Tage, aber ich würde leben.

Ich wartete den Anbruch des Tages ab. Irgendwie fühlte ich mich sicher, da ich die Erfahrung gemacht hatte, dass das Monster nur bis zu seinem dritten Schrei blieb. So war es auch in dieser Nacht. Und als der Morgen dämmerte, fühlte ich eine neue Kraft in mir. Zum ersten Mal, seit ich diese unglückselige Insel betreten hatte, hatte ich Hoffnung und die Gewissheit zu siegen.

Mein Plan stand fest. Noch heute würde ich mit dem Boot die Insel verlassen. Ich würde so viele Früchte wie möglich sammeln, das Boot damit beladen und mit diesem Vorrat ein paar Tage überleben können. Wasser war mein Hauptproblem. Ich hatte keinen Behälter, in dem ich Wasser speichern konnte, und auf der Insel gab es nichts, was diese Funktion auch nur annähernd erfüllen konnte. Ich musste darauf vertrauen, dass die gesammelten Früchte genügend Wasser enthielten, damit ich nicht austrocknete. Es würde ohnehin nur ein paar Tage funktionieren, denn allzu lange würden die Früchte in der tropischen Witterung nicht halten, bevor sie vergammelten. Wenn mich also bis dahin kein Schiff gefunden hatte, würde ich sterben. Seltsamerweise machte mir dieser Gedanke nichts aus. Ich wollte nur nicht durch das Monster getötet werden.

Als es endlich hell wurde, kletterte ich von meinem Baum, vollzog mein übliches Morgenritual – ein Bad im Meer und Frühstück im Dschungel – und machte mich auf den Rückweg. Ich schritt kräftig aus und gelangte schon nach kurzer Zeit an meinen ursprünglichen Landungsplatz. Zumindest dachte ich das, aber ich musste mich irren, denn nirgends konnte ich mein Boot entdecken. Ich zuckte die Achseln und ging weiter. Doch je weiter ich lief, desto fremder wurde die Gegend, die ich durchschritt. Ich blieb stehen und sah mich um. Nein, hier war ich ganz sicher falsch. Ich suchte den Strand nach meinen eigenen Spuren ab, fand aber nichts. Musste ich noch weiter laufen oder war ich träumender Weise doch schon über mein Ziel hinausgeschossen? Mein Gefühl sagte mir, dass ich zu weit gegangen war. Also kehrte ich um.

Je näher ich einer bestimmten Stelle kam, desto mulmiger wurde mein Gefühl. Schließlich erreichte ich einen Strandabschnitt, der mir vertraut vorkam, obwohl mein Boot nicht am Strand lag. Ich ging auf den Wald zu. Während ich das tat, verstärkte sich mein schlimmes Gefühl. Ich sah nämlich Fußspuren im Sand. Es waren Dutzende, in alle Richtungen gewandt. Dazwischen eine glatte, breitere Spur. Ein schrecklicher Verdacht kam mir. Langsam begann ich, meinen rechten Fuß in einen der Abdrücke zu setzen. Es gab keinen Zweifel: Es waren meine eigenen Abdrücke.

Eine unheimliche Lähmung erfasste mich und ließ meine Glieder erstarren. Mühsam nur konnte ich weitergehen und in den Wald eindringen. Dort traf mich der nächste Schock. Ich sah meinen Baum. Auf der Liegefläche lagen sogar noch meine Sachen. Jeder Zweifel war nunmehr ausgeschlossen. Ich war zu Hause. Also stimmte es, ich war vorhin einfach vorbeimarschiert. War vorbeimarschiert, weil das Boot nicht mehr da war. Wirre Gedanken schossen mir in diesem Moment durch den Kopf. Panik. Die Vorstufe zum Wahnsinn. Mein Boot. Wo war es geblieben?

Es war, als hätte ich Gummi in den Beinen, als ich zum Strand zurücklief. Ich betete, dass es sich um eine Halluzination handelte. Ich kroch auf dem Boden herum und fühlte. Hoffte, dass das Boot nur unsichtbar geworden war und trotzdem da lag und auf mich wartete. Der Wahnsinn war nur noch Inches entfernt. Natürlich fühlte ich nichts. Mit Tränen in den Augen lief ich den Strand auf und ab, suchte, suchte wie noch nie in meinem Leben. Doch das Boot blieb unauffindbar.

Ich sackte in den Sand und weinte. Mein Plan war unerfüllbar geworden, meine Hoffnung zerstört. Ich war und blieb Gefangene dieser verfluchten Insel. Nun würde mich das Monster doch noch bekommen. Oder nicht? Ein kleiner trotziger Teil meines Gehirns sagte mir auf einmal, dass es soweit nicht kommen musste. Ein neuer Plan reifte in mir, und sein Inhalt war, dass ich, noch bevor die Nacht einfiel, durch eigene Hand den Tod fand. Ich betete wieder und bat im Geiste meine Familie um Verzeihung, da ich sie nun im Stich lassen würde.

So blieb ich geraume Zeit im warmen Sand liegen. Irgendwann musste ich eingeschlafen sein, denn als ich zu mir kam, war die Sonne schon hoch am Himmel und verbrannte meine Haut. Ich machte mich auf den Weg in den Wald. Irgendwo würde ich schon etwas entdecken, mit dem ich mein Leben schnell und schmerzlos beenden konnte. Ich kam wieder zu der Stelle mit meinen Fußspuren und dem breiten glatten Strich. Diesen hatte ich ganz vergessen. Doch jetzt drängte er sich geradezu mit Macht in mein Bewusstsein. Was war das?

Es sah nach einer Schleifspur aus. Etwas Schweres hatte den Sand beiseitegeschoben und eine Furche hinterlassen. Etwas wie ein Boot...

Ich schrie auf. Das Boot. Mein Boot. Ja, wenn ich es genau betrachtete, entsprach die Form der Spur dem Bootskiel. Wie konnte das sein? Wer hatte das Boot hierhergezogen? Das Monster?

Die Erkenntnis kam wie ein Schlag. Das Monster war intelligenter als ich dachte. In seiner perfiden Grausamkeit hatte es erkannt, dass das Boot für mich den Weg in die Freiheit bedeutete. Wenn es mir das nahm, hatte es mich in der Hand und konnte seine grauenvollen Spiele mit mir spielen.

Trotz der Ausweglosigkeit der Situation erfüllte mich auf einmal auch eine winzig kleine Hoffnung. Vielleicht ging die Schleifspur weiter. Ich musste ihr also nur folgen und würde dann hoffentlich das Boot finden. So folgte ich also der Spur. Nachdem ich etwa zweihundert Fuß in den Wald eingedrungen war, hörte sie auf. Aber hier gab es nicht viele Möglichkeiten, da die dichten Bäume ein Hindernis darstellten. Und tatsächlich sah ich schon kurz darauf eine helle Fläche zwischen den Bäumen. Mein Boot. Da lag es, eingekeilt zwischen zwei dicken Baumstämmen. Bis hierhin war das Monster gekommen, und dann hatte der Wald ihm einen Strich durch die Rechnung gemacht. Es kostete mich einige Kraft, das Boot loszubekommen, aber ich schaffte es. Der Weg zurück an den Strand war mörderisch, aber meine Verzweiflung weckte ungeahnte Kräfte. Als ich das Boot im Wasser hatte, troff ich vor Schweiß. Ein kurzes Bad im Meer machte mich wieder frisch. Dann begann ich, Früchte zu sammeln. Ich trug so viele ins Boot, dass es für eine Woche reichen würde. Länger würden sie wohl nicht halten, bevor sie verdarben. Ich hoffte, dass sie genügend Wasser enthielten, um auch meinen Durst zu befriedigen, denn Wasser war das einzige, das ich mangels Aufbewahrungsbehälter nicht mitnehmen konnte.

Es war später Nachmittag, als ich die Insel verließ. So schnell meine Kräfte es zuließen, ruderte ich. Als die Dämmerung einsetzte, hatte ich schon so viel Strecke zurückgelegt, dass die Insel nur noch ein schmaler Strich am Horizont war. Zum ersten Mal seit Tagen – ja, es waren nur wenige Tage, die ich auf der Insel verbracht hatte, obwohl sie mir vorkamen wie Jahre – fühlte ich mich sicher. Natürlich wusste ich, dass eine ungewisse Zukunft vor mir lag, an deren Ende möglicherweise der Tod wartete. Doch ich würde nicht durch das Monster sterben.

Bevor es ganz dunkel wurde, machte ich eine Pause. Ich aß etwas von meinen Früchten und machte eine Bestandsaufnahme. Außer der Nahrung gab es an Bord nur die Ruder, den Mantel des Kapitäns und das Logbuch der CAROL ANN. Das Logbuch! Warum hatte ich nicht schon früher daran gedacht? Ich schlug es auf. Ja, es hatte noch etliche freie Seiten, und ein Stift war auch vorhanden. Alles, was ich brauchte, um meine Geschichte aufzuschreiben. So begann ich also damit.

Am ersten Abend schaffte ich nicht viel, denn im Nu war es dunkel. Ich legte das Buch beiseite und begann wieder zu rudern. Ich wollte noch ein gutes Stück schaffen; nicht dass die Strömung mich, während ich schlief, wieder auf die Insel zurücktrieb. Überraschenderweise schaffte ich tatsächlich ein ganzes Stück.

Und dann war das Schreien wieder da.

Obwohl ich schon etliche Meilen zwischen mich

und die Insel gebracht hatte, konnte ich es hören. Ganz schwach nur, aber es war da. Oder bildete ich es mir nur ein? Aber exakt nach dem dritten Schrei war wieder Schluss. Ich habe nie erfahren, welche Bedeutung der dreimalige Schrei hatte, geschweige denn, wie das Monster aussah, und jetzt würde ich es auch nicht mehr. Sei's drum, es war nicht wichtig. Wichtig war nur, dass ich dem grausigen Monster entkommen war.

Das Schaukeln des Bootes und das Plätschern des Wassers lullten mich ein. Dazu kam meine körperliche Schwäche, die nach den Anstrengungen des Tages kein Wunder war. Ich war nun weit genug von der Insel entfernt, sodass ich es wohl riskieren konnte zu schlafen. Ich kuschelte mich unter den Mantel und war im Nu eingeschlafen.

Als ich erwachte, trieb das Boot mitten im Meer. Von der Insel war nichts mehr zu sehen. Ich hatte es geschafft. Meine Flucht war geglückt. Nach einem kargen Frühstück begann ich wieder zu schreiben. So machte ich es an diesem Tag, so machte ich es die weiteren Tage. Am sechsten Tag waren meine Früchte aufgegessen. Nun wurde es Ernst. Immer noch trieb ich mitten auf dem Meer, weit und breit weder Land noch Schiff in Sicht. Mir war bewusst, dass es ab jetzt um mein Leben ging. Ich wusste, dass der menschliche Körper viele Tage ohne Nahrung auskommen konnte – obwohl das wahrscheinlich nicht für mich galt, durch die Auszehrung aufgrund der einseitigen Ernährung konnte ich wohl nicht so viele Tage erwarten. Aber ohne Wasser wäre ich bei der gnadenlosen Hitze, die mich Stunde für Stunde langsam aber sicher austrocknete, sicher nach ein bis zwei Tagen am Ende.

Der nächste Tag wurde grausam. Mein Magen knurrte und der Durst machte mich irrsinnig. Meine Lippen platzen auf, meine Haut verbrannte in der Sonne. Ich konnte nur noch im Boot kauern, zum Rudern reichte meine Kraft nicht mehr. Ja, selbst zum Schreiben hatte ich kaum noch genügend Energie. Immer wieder schlief ich ein.

Am nächsten Tag war mein Durst so groß, dass ich in Versuchung geriet, das salzige Meerwasser zu trinken. Der kümmerliche Rest meines Verstandes, der mir geblieben war, hielt mich jedoch davon ab. Auch mein Magen machte mir zu schaffen. Ich hatte das Gefühl, dass der Hunger meine Eingeweide fraß. Hunger und Durst, das waren die einzigen Dinge, auf die mein Geist sich fokussierte, die mich lähmten und mich daran hinderten, die Ruder in die Hand zu nehmen. An diesem Tag trieb ich nur passiv auf dem Wasser, meine Kräfte hatten mich endgültig verlassen.

In der Nacht wachte ich einige Male auf. Ich hatte von dem Monster geträumt, sah mich wieder auf die Insel versetzt und von der Bestie, die ich nie zu Gesicht bekommen hatte, bedroht. Doch das einzige Monster, das jetzt noch eine Gefahr für mich darstellte, war der Tod durch Verhungern und Verdursten.

Wieder bricht ein neuer Tag an, und ich spüre, dass es mein letzter sein wird. Der Durst treibt mich in den Wahnsinn. Ich halluziniere, sehe Schemen am Horizont, von denen ich glaube, dass es Schiffe oder Inseln sind. Natürlich ist da nichts. Aber wäre es nicht schön, wenn es so wäre?

Dies wird mein letzter Eintrag. Ich habe einfach nicht mehr die Kraft weiterzuschreiben. Ich bete zu Gott, dass mein Ende schnell und schmerzlos kommt. Ich bete, dass dieses Buch eines Tages gefunden wird, damit die Welt meine Geschichte erfährt und meine Familie Gewissheit über mein Schicksal erhält.

Geschrieben im Jahr des Herrn 1930, im November?

Nora Watts

Das also war die Geschichte der Nora Watts. Jeder an Bord hörte ergriffen zu, als ich sie an die Besatzung weitergab.

Unser Forschungsauftrag hielt uns noch ein halbes Jahr vor Australien gefangen. Als wir im Mai des nächsten Jahres die Heimreise antraten, machten wir einen Abstecher nach Nordost, in die Richtung, in der wir Noras Insel vermuteten. Wir suchten eine Woche lang, bevor das Kommando zur endgültigen Heimreise gegeben wurde. Wir fanden nichts. Einige äußerten die Meinung, Nora hätte von Anfang an halluziniert und ihr Boot nie verlassen. Doch das glaubte ich nicht. Zu realistisch war ihre Schilderung, zu aufgeregt ihre Handschrift.

Dennoch beschloss ich, Noras Geschichte für mich zu behalten. Ich wollte nicht, dass die Nachwelt Nora Watts für eine Irre hielt, die unter der südländischen Sonne wahnsinnig geworden war. Doch eines tat ich, weil ich mich gewissermaßen als ihren Testamentsvollstrecker betrachtete. Sobald wir australischen Boden betraten, machte ich mich auf die Suche nach Noras Familie. Es kostete mich Monate, doch im Frühjahr 1932 fand ich einen ihrer Brüder, der als Schafscherer an der Ostküste arbeitete. Ihm übergab ich das Tagebuch. Ich gab es ihm mit Wehmut, denn immer wieder hatte ich es gelesen, so lange, bis ich das Gefühl bekommen hatte, meine beste Freundin verloren zu haben.

Nun, Nora, ich habe deinen Wunsch erfüllt. Ich

bedaure, dich nicht persönlich gekannt zu haben. Ich hoffe, dass du jetzt im Paradies bist und deinen Frieden gefunden hast.

Ruhe in Frieden, Nora Watts.

Mordmoor

Um fünf Uhr an einem wundervollen Sommermorgen geschah etwas Außergewöhnliches. Die Sonne war im Begriff aufzugehen und ihr goldenes Licht sachte und gemächlich über das friedlich ruhende Land zu vergießen. Das Gras und die Pflanzen, insbesondere das Torfmoos und der Sonnentau, waren noch feucht vom Tau der Nacht und begannen ein glänzendes Aufwachspiel, als das Sonnenlicht sie traf und das erste Leben des Tages in sie schickte. Das Moor war um diese Uhrzeit wie ausgestorben und bis auf das Geblöke einzelner Heidschnucken, das plappernde Gezeter der Schnepfen und das knarrende Quaken der Frösche lautlos wie ein Friedhof. Eine Stunde später würden die ersten Jogger für das Ende der natürlichen Ruhe sorgen.

So war es normalerweise. Heute jedoch sollte der Tag anders beginnen.

Die friedvolle Ruhe wurde jählings gestört, als zwei Gestalten den noch feuchten, aber befestigten Rundweg betraten und beharrlich dem Inneren des Moores zustrebten. Die größere und kräftigere der beiden Personen ging hinter der kleineren zierlichen her, bei der es sich offensichtlich um eine weibliche Person handelte. Die Frau – ein Beobachter hätte erkannt, dass es sich um ein junges Mädchen handelte – stockte immer wieder, blieb häufig stehen und musste von der größeren Person, einem Mann, angestupst und zum Weitergehen animiert werden. Wer genauer hinsah, konnte erkennen, dass der Mann einen metallenen Gegenstand in der Hand hielt, den er auf das Mädchen gerichtet hielt. Bei näherer Betrachtung entpuppte sich der Gegenstand als eine Pistole, die ein Experte als eine ausgemusterte Walther P 1 aus alten Bundeswehrbeständen erkannt haben würde. Das nächste, was einem Beobachter aufgefallen wäre, wären die eiskalten Augen des Mannes, der die Pistole hielt, und die schmalen Lippen, die fest aufeinander gepresst waren und dem hageren Gesicht des Mannes einen grausamen, entschlossenen Eindruck gaben. Obwohl er einen olivbraun gemusterten Tarnanzug trug, war er kein Soldat.

Das Mädchen, das langsam und trödelnd vor ihm herlief, war das genaue Gegenteil des Bewaffneten. Die Pistole im Rücken ließ es sofort als Opfer erkennen. Es war höchstens vierzehn Jahre alt. Die Tränen in seinem Gesicht schimmerten silbern im Licht der aufgehenden Sonne, doch außer dem schluchzenden Wimmern, das die Tränen begleitete, kam kein Laut über seine Lippen. Die Kleine war barfuß und trug nichts außer einem dünnen Sommerkleid, das nicht zu ihrer kindhaften Erscheinung passte. Das Zittern ihres Körpers ließ nicht erkennen, ob die Ursache hierfür die kühle Morgenbrise war oder das Schicksal, das ihr bevorstand.

Nach einem halben Kilometer bog die seltsame

Prozession vom Hauptgang ab auf einen Neben-weg, der von einem Hinweisschild bewacht wur-de. Betreten verboten! Lebensgefahr!

Der Weg bestand aus einer befestigten Sand-bahn, die mit Holzbrettern und Rindenmulch be-legt war, sodass man bequem und ohne Gefahr darauf laufen konnte. Doch rechts und links da-von, nur wenige Zentimeter von den nackten Fü-ßen des Mädchens entfernt, begann der Tod: die schwarze, stinkende Brühe des Hochmoors, die alles, was sie zu fassen bekam, in ihren öligen Schlund zog und nie wieder freigab.

Das Mädchen hatte von Moorleichen gelesen, Menschen, die vor Jahrhunderten oder Jahrtau-senden einen unbedachten Schritt getan hatten und einen qualvollen Tod erleiden mussten, bevor ihre gut erhaltenen Körper in der Neuzeit entdeckt und erforscht wurden. Moora, die berühmte Lei-che aus dem Uchter Moor, war nur wenige Kilo-meter von hier gefunden worden. Verbittert fragte sich das Mädchen, ob auch seine Leiche eines Ta-ges gefunden und von Forschern untersucht wür-de, oder ob sie für immer im Nebel der Vergessen-heit versunken bliebe.

Eine Moorleiche. Das also würde aus ihr wer-den nach all den Wochen der Angst, der Qual und der Erniedrigung. Nie wieder würde sie das leichte Gefühl der Freiheit erleben, nie mehr ihre Freunde wiedersehen. Sie würde einfach aus dem Leben verschwinden, irgendwo zwischen Hille und Gehlenbeck.

„Halt!"

Die Stimme des Mannes klang kalt und frostig, genauso wie das Mädchen den Morgen empfand. Doch es gehorchte widerstandslos.

„Hier ist es gut. Geh jetzt dort hinein!"

Die Pistole wies auf die braune Brühe, die sich drohend in alle Richtungen erstreckte. Das Mädchen wandte sich seinem Peiniger zu. Die Schultern zuckten und Tränen flossen in Strömen über sein verbrauchtes Gesicht, das Wochen zuvor hübsch und voller Lebenskraft gewesen war.

„Bitte ..."

Nur ein Wort. Jeder Mensch mit Herz hätte der Bitte des Mädchens sofort entsprochen und es spätestens nach einem Blick in seine unschuldigen großen blauen Augen in die Arme genommen und getröstet.

„Bitte ..."

Der Mann verzog keine Miene. Lediglich seine Pistole bewegte sich um einen Hauch weiter nach oben, direkt auf das Herz des Mädchens zielend.

„Geh jetzt oder ich schieße."

Natürlich würde er nicht schießen. Was auch geschah, dem Mädchen durfte keine körperliche Gewalt angetan werden, so hatte der Boss es verlangt, ausdrücklich und nachhaltig. Es sollte wie Selbstmord aussehen, und was als Allerletztes geschehen durfte, war eine Pistolenkugel im Körper der Kleinen, auch wenn die Leiche vielleicht nie gefunden wurde.

Das Mädchen begann, sein Kleid hochzuschieben und über den Kopf zu streifen.

„Was machst du da?" Der Mann spürte, wie er nervös wurde. Der Anblick des halb nackten Körpers, der bereits eindeutige Merkmale einer Frau aufwies, verwirrte ihn.

„Aber ich dachte ..." Das Mädchen hielt in der Bewegung inne, seinerseits irritiert, weil es nicht wusste, was von ihm verlangt wurde.

„Lass das Kleid an und geh einfach hinein!"

Ihre Augen trafen sich ein letztes Mal, dann drehte sich das Mädchen zur Seite und setzte tapfer einen Fuß vor den anderen.

Das brackige Moorwasser war grausam kalt. Augenblicklich begann das Mädchen heftig zu zittern. Seine Füße wateten durch dicken Schlick und mit jedem Schritt, den es tat, musste es mehr Kraft aufwenden, um voranzukommen. Schließlich kam sein Vordringen zum Stillstand, die Füße steckten fest. Der Schlick hatte das Mädchen gefangen und gab sein Opfer nicht mehr frei.

Der Mörder sah zu, wie es Zentimeter für Zentimeter versank, langsam, aber unaufhaltsam. Im Stillen bewunderte er seinen Mut. Selbst im Angesicht des Todes kam nicht mehr als ein leises Wimmern über seine Lippen. Möglicherweise betrachtete es seinen Tod gar als Erlösung, was er vielleicht sogar war angesichts der Grausamkeiten, die es in den letzten Wochen erfahren hatte. Verwirrt stellte er fest, dass er tatsächlich so etwas wie Mitleid für das Mädchen, dessen Namen er nicht einmal kannte, empfand, wenn auch nur für den

Bruchteil einer Sekunde. Er steckte seine Waffe weg. Die würde er nun nicht mehr benötigen.

Der Todeskampf des Mädchens dauerte eine halbe Stunde. In diesen dreißig Minuten sank sein Körper immer tiefer in das kalte dunkle Moor ein. Ab und zu drehte es den Kopf in die Richtung seines Mörders, in der verzweifelten Hoffnung auf eine doch noch erfolgende Rettung. Vergeblich.

Als nur noch der Kopf des Mädchens aus dem Brackwasser ragte, stand die Sonne soweit über dem Horizont, dass es merklich heller wurde. Der Mörder wurde unruhig. Jeden Moment konnten die ersten Jogger auftauchen. Nervös sah er sich um. War in der Ferne auf den Hauptwegen bereits Bewegung wahrzunehmen? Nein, er hatte Glück. Das Moor lag so ruhig wie zuvor, niemand störte das grauenvolle Geschehen. Als er sich wieder dem Mädchen zuwandte, stellte er verblüfft fest, dass es nicht mehr da war. An der Stelle, wo vor wenigen Augenblicken noch sein Kopf aus dem Brackwasser geragt hatte, perlten nur mehr einige Luftblasen, und auch dieses Phänomen war eine Minute später vorbei. Das Moor hatte ein Opfer gefunden und nichts deutete daraufhin, dass hier ein Mensch gestorben war.

Zufrieden wandte sich der Mörder vom Ort des Geschehens ab. Sein Auftrag war erfüllt. Eiligen Schrittes setzte er sich in Bewegung, verließ den gesperrten Nebenweg und betrat den Hauptweg, um zu seinem Wagen zurückzulaufen. Keine Minute zu früh. Auf halbem Weg kam ihm tatsächlich ein Läufer entgegen. Der Betrieb ging los. Sie wechselten ein höfliches Guten Morgen, dann war der Läufer vorbei. Der Mörder blieb einen Moment stehen und sah ihm nach. Schnell wurde die sich entfernende Gestalt des Joggers kleiner. Er lief in gleichmäßigem Tempo, schaute nicht nach rechts und links, hatte bald die Abzweigung zum Tatort passiert, ohne sich danach umzuschauen, und war kurze Zeit später hinter einer Kurve verschwunden.

Der Mörder atmete auf. Der Läufer hatte nichts mitbekommen. Bis zum Auto waren es nur wenige hundert Meter, und dennoch begegnete er zwei weiteren Läufern, einem Jogger und einem mit Stöcken bewaffneten Walker. Höchste Zeit zu verschwinden. Beim nächsten Mal war es vielleicht besser, das Unternehmen eine halbe oder eine ganze Stunde früher zu beginnen.

Als er sein Fahrzeug erreichte, beeilte er sich einzusteigen und den Motor zu starten. Zwei Minuten später lag das Moor hinter ihm. Die Sonne begrüßte den neuen Tag. Es war, als wäre nichts geschehen.

Der weiße Golf pflügte mit aberwitziger Geschwindigkeit über die belebte Straße. Zwischen Isenstedt und Espelkamp überholte er trotz Gegenverkehr drei Fahrzeuge, deren Tachometer sich immerhin an der Hundertkilometergrenze bewegten. Im ersten Kreisverkehr am Ortseingang, gleich hinter der Tankstelle, den er mit nur geringfügig reduzierter Geschwindigkeit passierte, nahm er zwei weiteren Wagen die Vorfahrt. Für die sechshundert Meter bis zum nächsten Kreisel an der Ecke Breslauer Straße brauchte er nur dreißig Sekunden, die weitere Strecke bis zur Kreuzung Kantstraße erforderte noch weniger Zeit. Hier schließlich bog der Golf links ab und der Verkehr in der Isenstedter Straße lief wieder flüssiger. Die Autofahrer atmeten auf, glücklich darüber, dass sie den Verrückten, der den Golf fuhr, endlich los waren.

Die Fahrt durch die Kantstraße dauerte nicht lange. Nach wenigen Sekunden schon bog der Golf rechts ab, beschleunigte noch einmal auf den letzten Metern und hielt mit quietschenden Reifen vor dem Atoll.

Die Frau, die dem Wagen entstieg, sah sich kurz um und schien sich zu wundern, wie viel Betrieb um diese Tageszeit im Bad herrschte. Sie gab sich gar nicht erst die Mühe, einen Parkplatz zu finden, sondern ließ den Golf, lediglich durch das aktivierte Warnblinklicht gesichert, direkt vor dem Haupteingang stehen. Ihr Haar leuchtete silbern im Licht der Straßenlaternen, als sie die Treppenstufen hinaufstieg und die Anlage betrat.

Wärme und Lärm empfingen sie, das typische Schreien und Lachen der Badenden, das von den gekachelten Wänden des Schwimmbereichs reflektierte und das gesamte Gebäude wie das Angriffsgeräusch einer Bomberstaffel durchzog.

Die Frau sah sich in der Menge der halb nackten

Männer, Frauen und Kinder um, als suche sie eine bestimmte Person. Als sie diese nicht fand, wandte sie sich an den Bademeister, und wenig später vernahm man das Knacken der Lautsprecheranlage und die träge Stimme eines Mannes, die lustlos verkündete: „Herr Harry Bruckheimer möchte sich im Eingangsbereich einfinden. Es handelt sich um einen Notfall. Herr Bruckheimer bitte in den Eingangsbereich."

Die blonde Frau wartete zwei Minuten, bevor ein junges Mädchen in weißer kurzer Hose und weißem Poloshirt erschien und sie fragend musterte. „Sie suchen Herrn Bruckheimer?"

Die Blonde nickte. Ihre Augen betrachteten argwöhnisch die schlanke Gestalt des Mädchens. „So ist es. Es handelt sich, wie gesagt, um einen Notfall."

„Kommen Sie bitte mit." Das Mädchen drehte sich um und führte die Blonde mit sicherem Schritt in einen ruhigeren Bereich des Atolls. „Herr Bruckheimer ist gerade unter der Massage. Deshalb konnte er nicht selbst kommen. Ich soll Sie zu ihm führen."

Im Massageraum war es genauso warm wie in der Schwimmhalle. Auf dem Gesicht der Blonden bildeten sich feine Schweißperlen. Die Masseurin führte sie zu einer Nische im hinteren Bereich und zog einen Plastikvorhang beiseite.

„Frau Sander! Wie angenehm, Sie hier zu sehen. Was führt Sie zu mir?"

Lena Sander trat an den Behandlungstisch und

blieb am Kopfende stehen, sodass Bruckheimer sie ohne Schwierigkeiten sehen konnte. Ein Masseur knetete konzentriert seinen eingeölten Rücken durch, ohne Lena eines Blickes zu würdigen.

„Ich suche Sie seit Stunden, Harry. Ich habe schon verzweifelt Ihren Pager angepiepst und Nachrichten auf Ihr Handy gesprochen."

„Dann muss ich wohl vergessen haben, sie zu aktivieren. Mea culpa. Und wie haben Sie mich gefunden?"

„Jemand auf der Dienststelle gab mir den Tipp, einmal im Atoll vorbeizuschauen. Freitagabends würden Sie sich für gewöhnlich hier aufhalten."

„Was zeigt, dass man nicht zu viel erzählen sollte, wenn man wenigstens in der Freizeit seine Ruhe haben will, nicht wahr? Ich habe das Gefühl, mit der Ruhe ist es vorbei. Ich gehe wohl recht in der Annahme, dass Ihr Besuch keinen privaten Charakter hat?"

Lena lächelte. „Sehr scharfsinnig. Sie haben Recht. Wir werden gebraucht."

Bruckheimer seufzte und wandte sich dem Masseur zu. „Sie haben es gehört, Manni. Wir werden die Behandlung für heute wohl beenden müssen." Er kletterte von der Liege und schlang das Handtuch, das bisher seine Körpermitte bedeckt hatte, um die Hüften. „Habe ich noch Zeit zum Duschen und Ankleiden?"

„Ich denke, das ist noch drin. Ich warte an der Bar auf Sie." Sie sah Bruckheimer nach, wie er in Richtung Duschen verschwand, und begab sich zur Lounge, wo sie sich ein Mineralwasser bestellte und dem lauten Treiben im Schwimmbereich zusah.

Bevor sie das Glas geleert hatte, erschien Bruckheimer, mit nassem Haar, aber tadellos in Jeans und weißem Hemd. „Ich wäre dann so weit. Wo geht es hin?"

Lena bezahlte ihr Wasser und stand auf. „Wesling-Klinikum. Pathologie."

Bruckheimer verzog das Gesicht. „Das scheint ja ein bezaubernder Abend zu werden."

Die Rückfahrt nach Minden nötigte Bruckheimer Respekt ab. Lena fuhr wie der Teufel. Rasante Überholmanöver wechselten sich ab mit extremen Geschwindigkeitsüberschreitungen. Nicht selten nahm sie anderen Fahrern die Vorfahrt. Bruckheimer hatte Schwierigkeiten, ihr auf den Fersen zu bleiben. Als er eine Viertelstunde später (für die Hinfahrt hatte er eine halbe Stunde gebraucht) auf den Parkplatz des Klinikums einbog, hatte er Lena aus den Augen verloren. Er fand sie vor dem Haupteingang, wo sie ungeduldig auf ihn wartete.

„Wo bleiben Sie denn?"

Bruckheimer sagte nichts. Seine Augenbrauen gingen in die Höhe und ein Blick auf die Uhr sagte ihm, dass seit dem Start in Espelkamp gerade einmal achtzehn Minuten vergangen waren.

Lena ging voran. Offenkundig kannte sie sich in dem verwirrenden Gebäude aus. Ihr Schritt war eilig. Bruckheimer hatte Mühe, ihr zu folgen. Die Pathologie lag, wie er vermutet hatte, im Keller und strahlte die düstere Morbidität des Vergänglichen aus. Der Raum war überladen mit medizinischen Geräten. Der starke Geruch von Desinfektionsmitteln hing wie ein schwerer Vorhang in der Luft.

Lena führte ihn zu einem OP-Tisch, der in der Mitte des Raumes aufgebaut war und deshalb aus dem gedimmten Licht herausstach, weil er mit starkem Scheinwerferlicht angestrahlt wurde. Als Bruckheimer erkannte, was auf dem Tisch lag, begann er zu würgen.

Der Anblick von toten Erwachsenen ist schlimm genug, besonders, wenn man es mit entstellten, verstümmelten Leichen zu tun hat. Der Anblick eines toten Kindes hingegen ist für die meisten Menschen unerträglich und ruft starke Gefühle hervor. Gefühle wie Hass und Scham. Hass auf den Täter, der Schuld ist am Tod des Kindes. Scham, weil die Gesellschaft versagt hat und zulässt, dass ihre eigenen Kinder umgebracht werden.

So fühlte Bruckheimer sich, als er näher an den Tisch herantrat. Es handelte sich um ein Mädchen. Das Alter konnte er nicht bestimmen, aber der zarte Ansatz der Brüste und das bereits entwickelte Schamhaar ließen darauf schließen, dass das Mädchen am Beginn der Pubertät gestanden hatte, als es aus dem Leben schied. Was ihm an der Leiche auffiel, war die dunkle Tönung der Haut, die sich zu schwarzen Linien verstärkte an den Körperstellen, wo die Haut Falten und Furchen aufwies.

„Wer ist sie. Und was ist mit ihr geschehen?"

Plötzlich betraten zwei Personen den Lichtkreis, den die Scheinwerfer in den dunklen Raum zeichneten. Bruckheimer hatte sie bisher nicht wahrgenommen, doch die Frage, ob sie sich unsichtbar im Hintergrund oder in einem Nebenraum aufgehalten hatten, war müßig. Bruckheimer erkannte die erste Person als Jenny Quade, seine Chefin. Die zweite war ein Mann mit Brille und weißem Kittel, offensichtlich ein Arzt, möglicherweise der Pathologe der Klinik oder ein Gerichtsmediziner.

„Ihren Namen kennen wir nicht", sagte Jenny. „Sie wurde heute Nachmittag von Mitarbeitern des Umweltamtes im Hiller Moor gefunden. Sie fanden sie bei Untersuchungen an einer der tiefsten Stellen des Moores. Beim Herumstochern mit Holzstangen stießen sie auf Widerstand und zogen schließlich die Leiche aus dem Brackwasser."

„Wie lange hat sie drin gelegen?"

Der Arzt räusperte sich und gab die Antwort an Jennys Stelle. „Das ist bei Moorleichen nicht so einfach zu bestimmen. Der Ausschluss von Sauerstoff verhindert die Verwesung. Aber wir gehen davon aus, dass sie nicht länger als vier Wochen im Moor gelegen hat."

„Gibt es Spuren von Gewalteinwirkung?"

„Sie meinen, ob sie ermordet wurde? Nun, ich glaube, das können wir ausschließen. Der Körper weist keine äußeren Verletzungen auf. Die Untersuchung der inneren Organe steht allerdings noch aus. Doch so, wie es im Moment aussieht, handelt es sich entweder um einen Unfall oder um Selbstmord."

„Selbstmord?", fragte Bruckheimer zweifelnd. „Wie alt war sie?"

„Nicht jünger als dreizehn und nicht älter als vierzehn."

„Nun gut, sie war in der Pubertät. In diesem Alter sind Selbstmorde nichts Ungewöhnliches, oder?"

„Nein, leider nicht, obwohl mir ehrlich gesagt, kein einziger Fall bekannt ist, wo jemand sich im Moor ertränkt hat. Die Moorleichen, die ich kenne, sind entweder ermordet worden oder sie ertranken, oder besser erstickten, weil sie vom Weg abkamen und im Schlick versanken."

„Wie groß ist die Wahrscheinlichkeit, im Hiller Moor vom Weg abzukommen? Soviel ich weiß, sind alle Wege befestigt."

„Sie meinen, das Mädchen ist doch ermordet worden?" Jenny Quade hob eine Braue und blickte Bruckheimer interessiert an.

„Eine Meinung habe ich noch nicht, nur ein Gefühl."

Der Morgen war bereits so warm, dass man ohne Jacke auskam. Der Tag würde heiß werden, nicht eine Wolke stand am Himmel. Die Sonne hatte die Möglichkeit, ihre volle Kraft zu entfalten.

Bruckheimer trug ein kurzes Hemd, die Krawatte war gelockert und baumelte kraftlos über seiner Brust. Der leichte Schweißfilm auf der Stirn trug nur geringfügig zur Kühlung des Körpers bei, war jedoch die einzige Erleichterung, die die Natur ihm gestattete, da bis zur Stunde nicht der Hauch eines Windes feststellbar war.

Sie waren zu dritt. Der Mann, der Bruckheimer und Lena begleitete, hieß Braun und war ehrenamtlicher Mitarbeiter des Naturschutzbundes. Braun war ihnen vom Umweltamt als Experte für das Hiller Moor empfohlen worden und hatte sofort seine Bereitschaft zu einer Moorführung erklärt. Im Gegensatz zu Bruckheimer und Lena, die beide leichte Sommerkleidung trugen, war Braun in derbe Jägerkleidung gehüllt. Festes Schuhwerk verhalf ihm zu sicherem Schritt auf dem tückischen Untergrund.

„Wussten Sie, dass das Moor – wir nennen es übrigens das Große Torfmoor; die gemeinhin verwandte Bezeichnung Hiller Moor ist nicht ganz korrekt, da sich das Moor auch auf das Gebiet der Stadt Lübbecke ausdehnt –, dass das Moor wegen seiner europaweiten Bedeutung für den Naturschutz mit EU-Mitteln gefördert wird? Zahlreiche Tierarten finden hier ein einzigartiges und geschütztes Zuhause, darunter gefährdete Arten wie der Moorfrosch, die Krickente oder die Bekassine. Die Vegetation wird beherrscht von Birken-Moorwald und Heide. Sie finden hier Rosmarinheide, Wasserschlauch und Zungenhahnenfuß, die zu den stark gefährdeten Pflanzenarten zählen."

"Wie alt ist das Moor?", fragte Lena.

„Nun, die ursprüngliche Entstehung geht bis in

die Saaleeiszeit zurück. Das war 240.000 bis 180.000 vor Christus. Damals musste die Weser den Gletschern ausweichen und sich neue Verlaufswege suchen. Dicke Schichten von Kies, Sand und Ton lagerten sich ab und Sedimentschichten von Kalk und Muscheln taten ihr Übriges, um eine Grundschicht zu bilden, auf der das Hochmoor wachsen konnte. Vor 11.000 bis 12.000 Jahren schließlich hinderten Gletscher die Weser daran, weiter nach Norden zu laufen und zwangen sie in westliche Richtung. Als die Gletscher schmolzen und wieder nach Norden fließen konnten, verlandete der durch den Umweg gebildete Rinnensee und wurde zum Moor, das heißt, abgestorbene Pflanzen wurden zuerst als Schlamm, später als Torf am Seegrund abgelagert. Durch weitere Torfschichten entstand schließlich das Hochmoor, das bedeutet, dass die Torfschichten die Oberfläche überragten."

„Sodass die Menschen früherer Generationen den Torf bequem abbauen konnten."

„Respekt, Frau Sander. So war es tatsächlich. Heute wird das Moor allerdings nicht mehr genutzt, es ist ja Naturschutzgebiet, und wenn Torf gestochen wird, dann nur noch zu Demonstrationszwecken, als Lehrstunde in Heimatkunde.

So, jetzt kommen wir zur tiefsten Stelle im sogenannten Zentralmoor. Die Tiefe beträgt hier etwa zehn Meter. Achten Sie darauf, nicht vom Weg abzukommen. Bleiben Sie am besten immer in meiner Nähe. Ein Fehltritt, und schon werden Sie in die Tiefe gezogen. Allein kommen Sie da nicht wieder heraus."

An der Stelle, die sie erreicht hatten, wehte noch das Flatterband der Spurensicherung. Hier war das Mädchen gestorben, dessen Leiche sie am Abend zuvor im Klinikum betrachtet hatten. Bruckheimer malte sich aus, wie es war, langsam im Moor zu versinken, die Beine gefangen im Sumpf aus Sand, Wasser und Torf, ohne Chance, aus eigener Kraft dem saugenden Untergang zu entgehen; mitzuerleben, wie der Körper immer tiefer sank, die kalte Masse schließlich Mund und Nase bedeckte und den furchtbaren Erstickungstod herbeiführte, langsam, grausam, gnadenlos. Nein, beim besten Willen, er konnte sich nicht vorstellen, dass jemand auf diese Weise Selbstmord begehen konnte.

„Sagen Sie, wenn jemand an dieser Stelle das Moor betritt, wie lange dauert es, bis er komplett versunken ist?"

„Oh, Herr Bruckheimer, das dürfen Sie mich nicht fragen. Ich bin Biologe und kein Pathologe. Aber ich schätze, es sind nur ein paar Minuten, maximal eine halbe Stunde."

„Sind in der Vergangenheit schon mal Leichen aus dem Moor gefischt worden?"

„Nun ja, Moorleichen sind gar nicht so selten. Allein aus europäischen Mooren kennt man über tausend Stück, komplett erhaltene oder Teile davon. Die berühmtesten sind sicher auch Ihnen bekannt: der Grauballe-Mann aus Dänemark oder

Moora, das Mädchen aus dem Uchter Moor. Auch aus dem Hiller Moor sind Leichenfunde bekannt, zumindest Teile, insbesondere Köpfe. Aber die Kleine von gestern ist die erste komplette Leiche, die mir über den Weg gelaufen ist. - Oh, Entschuldigung, das war wohl der falsche Ausdruck, laufen konnte sie ja wohl mitnichten.

Die meisten Leichen wurden in früheren Jahrhunderten entdeckt, als die Menschen die Moore noch aktiv zum Torfstechen nutzten. Heute sind die meisten Moore kartografisch erfasst und ausgemessen, sodass Leichenfunde nur noch sehr selten sind."

Bruckheimer sah sich um. Die Landschaft wirkte im Licht des beginnenden Tages so friedlich wie eine Alpenwiese im Hochsommer. Die Sonne tauchte das Moor in eine Kaskade aus Farben, die das gesamte Spektrum des Regenbogens umfasste. Das satte Grün der Torfmoose und Farne kontrastierte mit den weißen fluffigen Spitzen des Wollgrases, gelbe Schwertlilien bewegten sich leicht im Wind neben leuchtend rosafarbener Besenheide. Im Hintergrund schnatterten ein paar Enten und aus der Ferne war das Blöken der Heidschnucken zu vernehmen. Auf den ausgewiesenen Gehwegen entdeckte er mehrere Personen, die ersten Spaziergänger und Läufer, die den neuen Tag begrüßten.

Das brachte ihn auf die Frage, ob es Zeugen für die Tat gab. Der Gedanke war kaum aufgetaucht, da verwarf er ihn wieder. Der Mord – Bruckheimer war inzwischen davon überzeugt, dass es sich

nicht um Selbstmord oder einen Unfall handelte –
war nachts oder am frühen Morgen geschehen.
Der Täter kannte das Moor. Er hatte mit sicherer
Hand die tiefste Stelle für seine Tat ausgewählt,
was darauf schließen ließ, dass er sich hier auskannte. Und wenn er sich auskannte, würde er
auch wissen, wann das Publikum kam. Er würde
sich mithin eine Zeit ausgesucht haben, in der das
Moor keine menschlichen Besucher hatte. Dennoch
konnte es nicht schaden, in einem Pressebericht
nach Zeugen zu fragen.

Seine Gedanken wanderten erneut zu dem
Mörder. Wie war er vorgegangen? Wie hatte er
seine Tat ausgeführt? Und wann? In der Nacht
oder doch eher in der Morgendämmerung, wenn
man ohne Licht etwas erkennen konnte? Oder am
Abend? Nein, bis zum Einbruch der Dunkelheit
musste der Mörder mit Läufern und Spaziergän-
gern rechnen. Nacht oder Morgendämmerung?
Was war mit der Nacht? Konnte eine solche Tat in
der Nacht ausgeführt werden? Es war schon bei
Tage gefährlich, die ausgewiesenen Wege zu verlassen. In der Nacht musste ein solches Unternehmen einem Himmelfahrtskommando gleichkom-
men; die Orientierung musste einem – selbst bei
Einsatz einer starken Handlampe – schwerfallen,
ein falscher Schritt und ... Doch was war bei Vollmond? Wenn der Himmel wolkenfrei war, konnte
die Leuchtkraft des vollen Mondes ausreichen,
dem Täter die Landschaft hinreichend zu beleuch-
ten. Es war eine Option. Sie setzte allerdings vo-

raus, dass der Mörder sich für eine bestimmte Nacht, nämlich eine Vollmondnacht, entschieden hatte; seine Tat musste also lange im Voraus geplant gewesen sein und sie hing von etlichen Unwägbarkeiten ab. Sobald Wolken aufzogen, war die Sicht stark beeinträchtigt und damit stieg das Risiko für ihn selbst. Und letztendlich bedeutete Vollmond nicht nur, dass der Mörder gut sah, umgekehrt konnte auch er selbst gesehen werden, wenn auch nur schemenhaft; zu einer Identifizierung durch einen möglichen Zeugen würde es wohl nicht reichen.

Trotzdem, Bruckheimer bezweifelte, dass der Mord in einer Vollmondnacht geschehen war. Er hielt die frühen Morgenstunden, die Zeit um den Sonnenaufgang herum, für wahrscheinlicher. Dem Täter standen somit beliebig viele Tage zur Verfügung, er hatte genügend Helligkeit und die Wahrscheinlichkeit des Auftretens von Zeugen war zu so früher Stunde sehr gering. Ja, so würde er als Mörder entscheiden haben. Die frühen Morgenstunden.

Und wie hatte er die Tat ausgeführt? Bruckheimer rief sich ins Gedächtnis, dass der Körper des Mädchens keine Druckspuren aufwies, es war also nicht gewaltsam ins Moor geworfen worden. Dennoch musste es bedroht worden sein – niemand ging freiwillig ins Moor, nur weil jemand es befahl. Wahrscheinlicher war, dass der Mörder sie mit einer Waffe gezwungen hatte. Noch einmal stellte Bruckheimer sich den Ablauf vor: Das Mädchen sah die Waffe auf sich gerichtet und musste sich entscheiden, sofort durch einen Schuss zu sterben oder langsam und grausam vom Moor in die Tiefe gezogen zu werden und zu ersticken. Sie hatte sich für die zweite Variante entschieden, vermutlich in der verzweifelten Hoffnung, im letzten Moment doch noch gerettet zu werden. Eine Hoffnung, die sich nicht erfüllte. Sie starb, nicht einmal vierzehn Jahre alt.

Den Ablauf der Tat konnte Bruckheimer sich gut vorstellen. Was jedoch war das Motiv des Mörders? Warum hatte das Mädchen sterben müssen? Bruckheimer fielen tausend Möglichkeiten ein, von der Beseitigung einer Zeugin eines Verbrechens über Mädchenhandel bis hin zu Kindesmissbrauch. Doch über alle diese Fragen nachzudenken war müßig, solange die Identität des Mädchens nicht feststand. Diese zu ermitteln war die erste Priorität, alles Weitere würde sich dann ergeben.

Der Name war schneller ermittelt als Bruckheimer gedacht hatte. Die Durchsicht der Vermisstendatei führte auf Anhieb zum Erfolg. Die DNA-Analyse schließlich bestätigte die optische Identifizierung. Sie hieß Anna Hoffmeister und war dreizehn Jahre alt. Ihre Eltern waren gestorben, als sie vier Jahre alt war. Seitdem lebte sie in einem Kinderheim. Ihre Kindheit wies das typische Muster eines Heimkindes auf: schwierig, in sich gekehrt, Lernstörungen. Zweimal war sie aus der Anstalt geflohen, sodass auch ihr letztes Verschwinden zu Beginn nicht die nötige Aufmerksamkeit erfuhr. Als sie jedoch nach zwei Tagen noch immer nicht gefunden war, begann die Heimleitung sich Sorgen zu machen, und in der Tat dauerte es zwei Monate, bis schließlich die Leiche entdeckt wurde.

Zwei Monate ... Bruckheimer stutzte, als er die Zeitangabe im Bericht las. Der Gerichtsmediziner hatte von vier Wochen gesprochen, hatte aber eingeräumt, dass die Zeitbestimmung bei Moorleichen schwierig war. Dennoch war Bruckheimer geneigt, seinen Angaben zu trauen und sie als Tatsache anzunehmen. Was also war in den vier Wochen vor Annas Tod mir ihr geschehen? Was hatte das Mädchen in den letzten Wochen seines Lebens erlebt?

Die nächsten Tage waren von harter Arbeit geprägt. Bruckheimer und Lena Sander begannen ihre Ermittlungen im Hof Sonnenschein in Petershagen, der Einrichtung, in der Anna gelebt hatte, und sprachen mit den Erziehern und jedem einzelnen Bewohner. Sie erfuhren, dass Anna ein schwieriger Mensch gewesen war und nur wenige Freunde unter den Heimbewohnern gehabt hatte. Kaum jemand hatte sie also vermisst, als sie eines Tages verschwand und nicht wiederkam. Nichtsdestotrotz hatte sie niemandem etwas Böses getan, sodass niemand auf dem Hof ein Motiv für den Mord hatte. Nach drei Tagen war Bruckheimer sicher, dass der Mörder nicht aus der Einrichtung stammte. Und damit standen sie wieder am Anfang.

Die Veröffentlichung ihres Fotos in der Lokalpresse und der Aufruf an die Bevölkerung, sich zu melden, wenn Anna gesehen worden war, war bereits eine Verzweiflungstat. Der Erfolg hielt sich erwartungsgemäß in Grenzen. Von gerade einmal zwölf Zeugenbeobachtungen erwiesen sich zehn als falsche Fährten. Zwar waren in diesen zehn Fällen Mädchen, auf die Annas Beschreibung passte, beobachtet worden, doch wie sich herausstellte, handelte es sich um ein noch lebendes Mädchen, das Anna aufs Haar glich, als hätte sie eine Doppelgängerin. Diese Tatsache erschwerte die weitere Recherche.

Lediglich zwei Hinweise erschienen Erfolg versprechend. Die erste stammte von einer alten Dame mit Schlafstörungen, die vier Wochen zuvor, also zu Annas mutmaßlichem Todeszeitpunkt, in Hartum einen dunklen Wagen gesehen hatte, in dem ein Mann und ein Mädchen, auf das Annas Beschreibung passte, saßen. Sie konnte sich deshalb so gut an das Fahrzeug erinnern, weil es vier Uhr nachts gewesen war und sie es für seltsam hielt, dass zu so später Stunde ein kleines Mädchen unterwegs war. Sie konnte sich erinnern, dass das Mädchen geweint hatte, dies war im Licht der Straßenlaternen deutlich zu sehen gewesen. Das Auto und den Mann zu beschreiben, war ihr jedoch nicht möglich.

Bruckheimer vermutete, dass die Zeugin Anna auf ihrem Weg zu ihrer Exekution gesehen hatte.

Er veranlasste daraufhin, dass alle verfügbaren Polizisten Befragungen in Hartum, Südhemmern und Hille vornahmen. Doch die alte Dame aus Hartum blieb die einzige Zeugin.

Die zweite Spur verlief ebenfalls im Sande. Zwar gab es diesmal gleich zwei Zeugen, doch ihre Aussagen brachten Bruckheimer nicht weiter. Jedenfalls nicht, was Annas Mörder betraf. In anderer Hinsicht allerdings wurde das Puzzle um einen Stein ergänzt. Die beiden Zeugen, deren Aussagefähigkeit darunter litt, dass sie in der Nacht der Beobachtung betrunken gewesen waren, hatten – wie die Zeugin aus Hartum – ein Mädchen und einen Mann, den sie für den Vater gehalten hatten, gesehen. Dieses Mal in Minden. Die Männer hatten einen abendfüllenden Besuch im LOP hinter sich und waren auf dem Heimweg, als sie in der Nähe der Kaiservilla zwei Personen sahen, die ihre Aufmerksamkeit auf sich lenkten. Das Mädchen lief Richtung Glacis und erweckte den Eindruck, als wäre es auf der Flucht. Der Mann, der das Mädchen verfolgte und es auch einholte, gab ihm ein paar Schläge ins Gesicht, schrie es an und zog es schließlich mit sich in die Dunkelheit. Die Zeugen maßen dem keine Bedeutung bei, hielten sie es doch für einen Streit zwischen Vater und Tochter. Vermutlich war sie ausgerissen und er hatte sie, mitten in der Nacht, wieder eingesammelt. Das war vor etwa zwei Monaten gewesen.

Vorausgesetzt, dass es sich in beiden Fällen, sowohl in Hartum als auch in Minden, um dieselben Personen handelte, hatte Bruckheimer jetzt zumindest ein Muster. Anna war zweimal gesehen worden: das erste Mal vor etwa acht Wochen in Minden – was sich zeitlich mit ihrem Verschwinden deckte –, das zweite Mal in Hartum zum Zeitpunkt ihres Todes. Da Anna Waise gewesen war, konnte der Mann in ihrer Begleitung nicht ihr Vater oder ein sonstiger Verwandter gewesen sein. Wer war er? Hatte er Anna entführt? Und wenn ja, wozu? Zwischen ihrem Verschwinden und ihrem Tod lagen vier Wochen. Was war in dieser Zeit geschehen? Konnte es sein, dass es sich bei dem Mann um einen heimlichen Geliebten handelte, dem zuliebe Anna den Hof verlassen hatte? Hatten sie sich zwischenzeitlich gestritten (was zu der Aussage der beiden Mindener passte)? Nicht zu dieser Theorie passte allerdings die Art, wie Anna gestorben war. Niemand, der seinen Partner im Affekt tötete, trieb ihn ins offene Moor. Nein, diese Vorstellung war geradezu abstrus. Bruckheimer war überzeugt, dass mehr hinter dieser Geschichte steckte. Möglicherweise Kindesmissbrauch?

Er spann den Faden weiter. Der Gedanke an Missbrauch war nicht abwegig. Im Gegenteil, es war sogar das übliche Muster. Kinder verschwanden spurlos. Nach Tagen, manchmal erst nach Wochen oder Monaten – oder nie –, fand man ihre Leichen. In der Zwischenzeit dienten sie dem organisierten Verbrechen, das sie an niedrige Perverslinge verkaufte, als Sexsklaven. Ein schmutziges Geschäft, aber knallharte Wirklichkeit. Je länger Bruckheimer darüber nachdachte, desto wahrscheinlicher hielt er die These, dass Anna Hoffmeister einem solchen Verbrechen zum Opfer gefallen war. Er griff zum Telefonhörer. Ein Gespräch mit dem Gerichtsmediziner würde Klarheit schaffen.

„Guten Tag, Dr. Meinhard. Harry Bruckheimer hier. Ich bin der Leitende Beamte im Mordfall Anna Hoffmeister. Sie wissen schon, die Moorleiche."

„Ah ja, das Mädchen aus dem Hiller Moor." Bruckheimer hörte ein Räuspern am anderen Ende der Leitung. „Was kann ich für Sie tun, Herr Bruckheimer?"

„Sagen Sie, Doktor, haben Sie an dem Mädchen Spuren von Missbrauch gefunden?"

„Sie meinen Sperma oder Verletzungen, die auf eine Vergewaltigung hinweisen? Interessant, dass Sie danach fragen. Nun, also, ihr Körper weist keine Spuren äußerer Verletzungen auf. Wie ich seinerzeit schon annahm, trat der Tod durch Ersticken ein - oder Ertrinken, wenn Sie so wollen, was aber medizinisch gesehen das Gleiche ist. Die Untersuchung ihrer Geschlechtsorgane weist allerdings auf regen Verkehr hin. Sie war keine Jungfrau mehr, und in den letzten Wochen ihres Lebens muss sie – was für ihr Alter eher ungewöhnlich ist – sehr aktiv gewesen sein."

Bruckheimer schluckte. Es passte.

„Danke, Doktor. Sie haben mir sehr geholfen."

Um vier Uhr war die Nacht vorbei. Das Telefon

weckte Bruckheimer mit lärmender Aufdringlichkeit. Müde streckte er den Arm nach dem Hörer aus. „Bruckheimer ...“

„Harry? Jenny hier. Kommen Sie bitte sofort. Es wurde wieder eine Leiche gefunden.“

Augenblicklich war er hellwach. „Im Moor?“

„Im Moor. Ich bin noch hier. Es ist dieselbe Stelle wie beim letzten Mal.“

„Ich bin unterwegs.“

Er verzichtete auf die Dusche und hielt stattdessen seinen Kopf eine Minute unter kaltes Wasser. Hastig stieg er in seine Kleider und eilte zum Wagen. Fünfzehn Minuten nach dem Anruf war er in Hille. Vom Parkplatz bis zur Stelle des Leichenfundes waren es zwei Kilometer. Zu Fuß würde er zu lange brauchen. Er überlegte. Der Weg war befestigt, Bewirtschaftungsfahrzeugen war die Befahrung gestattet. Warum also nicht auch der Polizei? Er drückte aufs Gas und umfuhr die Sperre.

Als er am Tatort eintraf, grinste er. Andere hatten dieselbe Idee gehabt. Er stieß auf eine Ansammlung von Fahrzeugen. Blinkendes Blaulicht erhellte die Nacht auf unheimliche Weise. Er fand Jenny in einer Traube von Uniformierten, Polizisten wie Rettungskräften, die am Tatort herumwuselten, Spuren sicherten (gab es überhaupt welche?) und eifrig Protokolle schrieben.

Jenny sah ihn sofort und kam sogleich auf ihn zu. „Hallo, Harry. Schön, dass Sie kommen konnten.“

„Wo ist die Leiche?“

Jenny wies auf den Rettungswagen. Bruckheimer setzte sich in Bewegung. Die Heckklappen waren geöffnet. Im Inneren des Fahrzeugs fand Bruckheimer die Bahre, auf der die Leiche lag, ein schwarzes, glänzendes Bündel, das mehr wie eine Puppe als wie ein Mensch aussah.

„Genau wie beim letzten Mal", sagte Jenny, die unbemerkt neben ihn getreten war. „Wieder ein Mädchen von zwölf bis vierzehn Jahren, vollständig bekleidet, keine erkennbaren Anzeichen von Gewaltanwendung."

„Wer hat sie gefunden?"

„Dieselben Leute wie beim letzten Mal."

„Das Umweltamt? Sind die mit Ihren Forschungen noch nicht zu Ende?"

Jenny schüttelte den Kopf. „Nein, und ich würde sagen, das ist ein großes Glück für uns."

Bruckheimer horchte auf und im selben Moment wurde ihm klar, was Jenny meinte. „Natürlich, Sie haben Recht. Dieses Mädchen kann erst wenige Tage hier gelegen haben. Das bedeutet, die Spur ist noch warm."

„Ich denke, wir können davon ausgehen, dass es sich um denselben Täter handelt."

„Das sehe ich auch so. Mit etwas Glück haben wir die Kleine schnell identifiziert. Ich bin auf die Parallelen gespannt."

Die Parallelen erwiesen sich als größer, als Bruckheimer gedacht hatte. Die Identifizierung war in der Tat schnell abgeschlossen. Das Mädchen hieß

Linda Weiß und war zum Zeitpunkt des Todes dreizehn Jahre alt gewesen. Die große Überraschung erlebte Bruckheimer, als er erfuhr, dass Linda ebenso wie Anna Hoffmeister Bewohnerin von Hof Sonnenschein gewesen war.

Sie saßen in Bruckheimers Büro und tranken Kaffee. „Glauben Sie, es besteht ein Zusammenhang?", fragte Lena Sander.

„Sie meinen, ob ich glaube, dass es sich um denselben Täter handelt?" Bruckheimer blickte Lena irritiert an. „Das dürfte wohl außer Frage stehen."

„Nein. Ich meine, dass es mehr als auffällig ist, dass beide Opfer aus derselben Einrichtung stammen. Könnte es nicht sein, dass der Mörder doch eine Person aus dem Heim ist?"

„Denkbar. Der Verdacht dürfte nach unseren jetzigen Erkenntnissen zumindest nahe liegen. Denkbar ist aber auch, dass der Mörder von außerhalb kommt und einen Informanten oder Zuarbeiter in Hof Sonnenschein hat."

„Also jemanden, der ihm den Tipp gibt, welches Mädchen als Opfer in Frage kommt?"

„Exakt."

„Harry, was die Opfer anbelangt, was ist mit ihnen geschehen, bevor sie ermordet wurden?"

„Können Sie sich das nicht denken?"

„Kindesmissbrauch?"

Bruckheimer nickte. „Die Leiche von Anna Hoffmeister wies im Genitalbereich eindeutige Spuren von heftigem Geschlechtsverkehr auf.

Ebenso der Körper von Linda Weiß. Beide Mädchen verschwanden etwa vier Wochen vor ihrer Ermordung spurlos, wenn man von den vagen Zeugenhinweisen absieht. Ja, ich denke, die Sache ist eindeutig."

„Und damit wäre unser nächster Schritt?"

„Ein Besuch im Hof Sonnenschein."

Die Vorbereitungen nahmen den ganzen Tag in Anspruch, doch am späten Nachmittag waren sie so weit. Zusammen mit einem Dutzend Schutzpolizisten, die das Gelände abriegeln und dafür sorgen sollten, dass niemand den Hof verlassen konnte, fielen sie überfallartig in das Heim ein. Jeder einzelne Mitarbeiter des Heimes, vom Direktor bis zum Gärtner, wurde einem scharfen Verhör unterzogen. Die Nettigkeiten der Vernehmung nach Anna Hoffmeisters Tod unterblieben dieses Mal. Die Befragungen waren mühsam und ermüdend, und als gegen elf Uhr nachts immer noch kein brauchbares Ergebnis vorlag, obwohl neun Zehntel der Mitarbeiter verhört worden waren, war Bruckheimer kurz vor dem Aufgeben.

Doch dann trat ein Ereignis ein, das die Wende brachte. Kurz vor Mitternacht betrat ein uniformierter Polizist den Verhörraum und stieß einen etwa fünfzigjährigen Mann, der mit Handschellen gefesselt war, in das Zimmer. „Dieser Mann hat versucht, heimlich das Gelände zu verlassen."

Bruckheimer erhob sich von seinem Stuhl und trat an den Gefesselten heran. Der Mann hatte graues Haar und war von schlanker unscheinbarer

Statur. Genauso weich wie seine Körperhaltung waren seine Gesichtszüge. Bruckheimer konnte sich nicht an ihn erinnern. „Wie ist Ihr Name?"

Der Mann starrte stur geradeaus.

Bruckheimer wiederholte die Frage, dieses Mal lauter und aggressiver.

Im Gesicht des Mannes zuckte es. „Ohne meinen Anwalt sage ich gar nichts."

Bruckheimer lächelte. „Das steht Ihnen frei. Aber ich möchte von Ihnen nur Ihren Namen wissen und erfahren, warum Sie trotz Absperrung das Gelände verlassen wollten."

Der Mann schwieg weiter.

„Nun, Ihren Namen erfahren wir auf jeden Fall. Und Ihre Weigerung zu antworten, macht Sie auf jeden Fall verdächtig. Ich nehme Sie daher fest. Wir werden Sie mitnehmen zur Kreispolizeibehörde und dort befragen. Es steht Ihnen, wie gesagt, frei, einen Anwalt hinzuzuziehen."

Zwei Stunden später wussten sie alles. Im Beisein eines Anwalts gab der Festgenommene ein umfangreiches Geständnis ab. Sein Name war Dieter Kellermeister. Er war einer von drei Hausmeistern des Hofes. Finanzielle Probleme zwangen ihn, sich nach einer Nebenbeschäftigung umzusehen. Anfangs versuchte er es mit nebenberuflicher Tätigkeit. Er bot Hausmeister- und Reparaturdienste an, unterließ es aber, seine Einnahmen der Finanzbehörde mitzuteilen. Als diese von seinem Nebengewerbe erfuhr und einen größeren Betrag hinterzogener Steuern nachforderte, war er ruiniert. In dieser Situation erhielt er ein ungewöhnliches Angebot. Ein Mann tauchte eines Tages auf Hof Sonnenschein auf und erkundigte sich nach dem Hausmeister. Da Kellermeister gerade Dienst hatte, war er es, an den der Fremde verwiesen wurde. Er gab an, er heiße Schmidt, doch Kellermeister hatte immer den Verdacht, dass das nicht sein richtiger Name war. Schmidt war ein freundlicher, höflicher Mann, doch auf irgendeine Weise verschlossen und unheimlich. Ohne zu wissen warum, hatte Kellermeister das Gefühl, dass von Schmidt eine große Gefahr ausging.

Schmidt erkundigte sich nach den Heimbewohnern, insbesondere nach Mädchen im Alter von zwölf bis fünfzehn Jahren. Als er einen Hundert-Euro-Schein zückte, gab Kellermeister, widerstrebend zunächst, Auskunft. Er sagte sich, dass er ja keine Geheimnisse verriet; jeder wusste, was für eine Einrichtung Hof Sonnenschein war und wer seine Bewohner waren. Schmidt ließ sich das Gelände zeigen und die Aufteilung des Gebäudes erklären, und eine Stunde später war er wieder verschwunden.

Zwei Wochen später, als Kellermeister den Vorfall schon fast vergessen hatte, tauchte Schmidt wieder auf. Dieses Mal zückte er zwei Fünfhundert-Euro-Scheine und erkundigte sich gezielt nach einem Mädchen. Dieses Mädchen sollte von annehmbarem Äußeren sein und vom Charakter ein Einzelgängertyp. Sein Auftraggeber suche nach solch einem Kind, weil er eine Adoption plane.

Kellermeister wunderte sich nur kurz, dass eine solche Anfrage nicht über das Büro der Heimleitung lief, aber Schmidt würde dafür schon seine Gründe haben. Die tausend Euro jedenfalls beseitigten Kellermeisters Zweifel. Er brauchte nicht lange, um Schmidt mit Anna Hoffmeister zusammenzubringen.

Kurz nach Schmidts Treffen mit ihr verschwand das Mädchen spurlos. Kellermeister wurde unruhig und bekam Schlafstörungen. Der Zweifel nagte an ihm, ob er nicht einen Fehler begangen hatte. Der Zusammenhang zwischen Schmidts Auftauchen und Annas Verschwinden war zu offenkundig. Andererseits konnte es auch Zufall sein, versuchte er sich zu beruhigen. Die Hoffmeister war schließlich gestört und schon des Öfteren abgehauen.

Vier Wochen später war Schmidt wieder da. Um sein Gewissen zu beruhigen, testete Kellermeister aus, wie weit Schmidt mit dem Preis gehen würde. Sie landeten bei zweitausend Euro. Kurze Zeit später verschwand Linda Weiß.

Kellermeister gab eine umfassende Personenbeschreibung ab. Während Bruckheimer das Verhör fortsetzte, leitete Lena die notwendigen Schritte zur Identifizierung ein.

Bruckheimer wollte die Befragung schon beenden, als Kellermeister sagte: „Schmidt war vorgestern wieder da."

Bruckheimer erbleichte. „Wie bitte?"

„Er gab mir dieses Mal dreitausend Euro."

Es gelang Bruckheimer nur mühsam, seinen Zorn zu unterdrücken. „Welches Mädchen?"

„Sie heißt Josette Peper."

„Wird sie schon vermisst?"

„Nein."

Ihre Anstrengungen waren umsonst. Als Bruckheimer und Lena, noch in der Nacht, Hof Sonnenschein erreichten, war Josette Peper bereits fort. Niemand hatte ihr Verschwinden bemerkt. Nachdem feststand, dass der Unbekannte mit Namen Schmidt polizeilich nicht registriert war, ließ Bruckheimer ihn zur Fahndung ausschreiben.

Kellermeister blieb vorerst auf freiem Fuß. Bruckheimer sicherte ihm in Abstimmung mit der Staatsanwaltschaft Straferleichterung zu, wenn er mit der Polizei kooperierte. Bruckheimers Kalkül war, dass Schmidt sich ein weiteres Mal an Kellermeister wenden würde. Insofern war Kellermeister in Freiheit nützlicher als in Haft. Es war klar, dass sie kein weiteres Mädchen opfern konnten, deshalb konnte Bruckheimer seinen ursprünglichen Plan, Schmidt ein Mädchen zu überlassen und ihn anschließend zu verfolgen, nicht umsetzen. Zu groß war die Gefahr, dass dem Mädchen Schaden zugefügt wurde. Aus diesem Grund mussten sie sich mit Schmidts Festnahme begnügen und auf ein Geständnis seinerseits hoffen. Bruckheimer war sicher, dass Schmidt nicht der Mörder der Mädchen war. Er war nur ein winziges Rad im Getriebe, ebenso wie der Mörder. Es würde schwierig, wenn nicht unmöglich werden, den Kern der Bande aufzuspüren.

Um Schmidt zu fassen, griff Bruckheimer neben der Fahndung zu einer weiteren Maßnahme. Auf Hof Sonnenschein würde sich fortan ein Polizeibeamter in Zivil aufhalten und Kellermeister observieren. Sobald Schmidt auftauchte, würde der Zugriff erfolgen. Was Josette Peper anbelangte, hatte Bruckheimer seine eigenen Pläne.

Vier Wochen später hockte Bruckheimer auf der Aussichtsplattform des nördlichen Aussichtsturms und spähte hinunter auf die weite Fläche des Moores. Ein Tarnanzug, der auf die Farbe des Turmes abgestimmt war, sollte ihn vor Entdeckung schützen. Zusätzlich hatte er Gesicht und Hände dunkel gefärbt und eine dunkle Mütze über seinen Kopf gezogen. Er fühlte sich wie ein Soldat im Einsatz, aber mit dieser Tarnung hoffte er, in der Morgendämmerung von Moorbesuchern nicht gesehen zu werden.

Die letzten vier Wochen waren ereignislos verlaufen. Die Fahndung nach Schmidt lief auf Hochtouren, hatte aber noch nicht zu einem Ergebnis geführt. Hof Sonnenschein war noch nicht wieder von ihm besucht worden. Sie hatten Josette nicht vor ihrer Entführung schützen können, aber wenigstens sollte ihr Leben gerettet werden. Der Plan war, das Moor unter ständiger Beobachtung zu halten in der Hoffnung, dass Josette an derselben Stelle wie ihre Vorgängerinnen ermordet werden würde. Deshalb wurde jede Nacht ein Beamter zur Beobachtung des Moores abgestellt. Bruckheimer ließ es sich nicht nehmen, selbst an der Observierung teilzunehmen. Dies war sein dritter Einsatz.

Alle waren sich einig, dass der Aufwand sehr hoch war, besonders in Anbetracht der Tatsache, dass der Erfolg bisher ausblieb. Dementsprechend war die Frustration bei den beteiligten Beamten. Bruckheimer war mit Jenny Quade einig, dass sie diese Form der Ermittlung nach weiteren zwei Wochen aufgeben würden. Das Muster der bisher begangenen Verbrechen wies auf einen Zeitraum von durchschnittlich vier Wochen. Entweder würde in den nächsten Tagen der Mordversuch an Josette begangen, oder die Täter hatten den Ablauf verändert.

Bruckheimers Schicht hatte um drei begonnen. In tiefster Nacht hatte er mit einem Nachtsichtgerät das Moor beobachtet, außer Enten und Vögeln jedoch keine Lebewesen entdecken können. Die Frösche quakten die ganze Nacht und schienen ihn mit ihrem Geplapper zu verhöhnen. Recht hatten sie, der ganze Aufwand war wahrscheinlich ohnehin umsonst.

Gegen vier, als die Morgendämmerung einsetzte und das Moor sachte aus der Dunkelheit holte, horchte Bruckheimer plötzlich auf. In das Quaken der Frösche und das Zirpen der Grillen hatte sich ein anderes Geräusch gemischt. Bruckheimer brauchte nicht lange, um zu erkennen, dass es der Motor eines sich nähernden Autos war. Der Parkplatz war etliche hundert Meter entfernt und das Summen des Motors war nur sehr dünn. Dennoch, es war eindeutig vorhanden. Bruckheimers Herz begann zu klopfen.

Dreißig Sekunden später vernahm er das zweimalige Schlagen von Wagentüren. Zwei Personen stiegen demnach aus. Bruckheimer richtete das Nachtglas auf den Parkplatz. Wenig später, als er den richtigen Fokus gefunden hatte und seine Augen sich an das ungewohnte Bild, das das Gerät lieferte, gewöhnt hatten, sah er zwischen den Birken zwei Gestalten hervorkommen. Die größere war eindeutig ein Mann, groß, muskulös, mit sicherem, stampfendem Schritt. Er trug einen khakifarbenen Tarnanzug. Vor ihm ging ein Mädchen, klein und zierlich, mit hängenden Schultern, in ihr Schicksal ergeben. Bruckheimer hatte sich Josette Pepers Akte genau angesehen, insbesondere ihre Personenbeschreibung und die Fotos. Zwar lieferte das Nachtglas eine verzerrte Sicht, doch Bruckheimer war absolut sicher. Das Mädchen, das vor dem Mann herlief – besser: vor ihm hergetrieben wurde -, war Josette.

Und noch etwas erkannte er. Der Mann hielt einen Gegenstand, der auf das Mädchen gerichtet war, in der Hand. Bruckheimer brauchte nur Sekunden, um zu erkennen, dass es sich um eine Pistole handelte. Sein Pulsschlag beschleunigte sich. Ihre Überlegungen waren richtig, die Anstrengungen nicht umsonst gewesen. Die innere Befriedigung, die er empfand, dauerte nur einen

Augenblick. Es wurde Zeit zu handeln.

Er holte sein Telefon hervor und tastete eine Nummer ein. Nachdem auf der anderen Seite abgenommen wurde, flüsterte er so leise wie möglich. „Es geht los!" Danach verschwand das Handy deaktiviert in der Jackentasche. Er wollte nicht riskieren, durch das Piepen eines eingehenden Anrufs verraten zu werden. Er verließ sich auf Jenny Quade, die nun die vereinbarte Maschinerie in Gang setzen würde.

In der Zwischenzeit war das ungleiche Paar näher gekommen. Sie passierten den Turm und liefen weiter in das Moor hinein. Deutlich konnte Bruckheimer das Schluchzen des Mädchens hören. Arme Josette! Was hat man dir angetan?

Bruckheimer ahnte, wohin der Mann das Mädchen trieb. Die tiefste Stelle des Moores war noch weit entfernt, der Entführer würde noch geraume Zeit brauchen, bis er am Ziel ankam. Bruckheimer hatte vor, ihm zu folgen, sah sich jedoch vor ein gewaltiges Problem gestellt. Das Moor war flach wie ein Brett, ohne Möglichkeit sich zu verstecken. Die einzige Deckung, die ihm blieb, war die Dunkelheit.

Als das ungleiche Paar weit genug entfernt war, kletterte Bruckheimer vom Turm herunter. Vom Boden aus sah das Gelände dunkel und unübersichtlich aus. Nur der Boden in unmittelbarer Nähe war gut zu erkennen. Bruckheimer atmete auf. Soweit er gesehen hatte, hatte der Mörder kein Nachtsichtgerät dabei. Solange die Sonne nicht höher kletterte, würde er das Paar wahrscheinlich unbeobachtet verfolgen können. Vorausgesetzt, er verriet sich nicht durch Geräusche.

Er nahm die Verfolgung auf. Der Mann und das Mädchen liefen etwa zweihundert Meter voraus. Gegen die Bäume und Büsche des Moores, die sich im Hintergrund schwarz gegen den dunkelblauen Himmel erhoben, waren sie nur zu erkennen, weil sie sich bewegten. Vorsichtig schlich Bruckheimer voran, sorgsam darauf achtend, kein Geräusch zu verursachen. Es war allerdings leichter, als er gedacht hatte. Im Stillen dankte er den Fröschen und Grillen.

Gute zwanzig Minuten später schien die seltsame Prozession ihr Ziel erreicht zu haben. Der Mann und Josette hielten an. Bruckheimer erkannte den Ort sofort. Es war die tiefste Stelle des Moores, der Ort, den er Wochen zuvor mit dem Mitarbeiter des NABU aufgesucht hatte, der Ort, an dem zwei andere Mädchen gestorben waren. Die Sonne stand mittlerweile höher und ließ das Paar gut erkennen. Bruckheimer warf sich auf die kalte Erde. Flach an den Boden gedrückt, nahm er sein Nachtglas vor die Augen und beobachtete, was zweihundert Meter voraus geschah.

Der Mann hielt die Pistole auf das Mädchen gerichtet und sagte etwas. Bruckheimer konnte die Worte nicht verstehen, aber er ahnte, was der Mörder gesagt hatte. Das Mädchen, Josette, setzte sich sogleich in Bewegung, direkt auf den Sumpf zu.

Okay, das reichte jetzt! Bruckheimer sprang auf, richtete seine eigene Pistole auf den Mann und schrie: „Polizei! Keine Bewegung!"

Zwei Dinge geschahen gleichzeitig. Josette blieb stehen, nur Zentimeter von dem tödlichen Morast entfernt. Und ihr Mörder drehte sich in einer blitzschnellen Bewegung zu Bruckheimer um und schoss.

Der Schuss ging daneben. Bruckheimer ging in die Hocke und schoss seinerseits. Zweihundert Meter waren eine Entfernung für Scharfschützen, die Wahrscheinlichkeit eines Treffers war gering, so etwas funktionierte nur im Film. Dazu kamen die schlechten Sichtverhältnisse. Umso überraschter war er, dass er traf. Im verzerrenden Licht des Nachtsichtgeräts sah er die Pistole des Mörders durch die Luft fliegen.

Er sprang auf und lief auf den Mann zu. Der Mörder rührte sich nicht. Bruckheimers Kugel hatte ihn in den Arm getroffen. Die Pistole auf ihn gerichtet, trat er an den Mörder heran. „Die Arme nach hinten!"

Der Mann musste heftige Schmerzen haben, aber er sagte kein Wort. Widerstandslos ließ er sich fesseln.

„Setzen Sie sich auf den Boden, die Beine gekreuzt!"

Wieder gehorchte der Mann. Offenbar hatte er eingesehen, dass Widerstand zwecklos war. Die Pistole nach wie vor auf den Mörder gerichtet, näherte Bruckheimer sich dem Mädchen. „Alles in

Ordnung mit dir?"

Sie weinte, doch sie nickte. Die Erleichterung, mit dem Leben davongekommen zu sein, war ihr deutlich anzusehen. Bruckheimer nahm sie tröstend in die Arme. „Es ist vorbei. Alles wird wieder gut."

Eine halbe Stunde später trafen Jenny und Lena mit der Unterstützung ein. Josette wurde psychologischen Betreuern anvertraut, während der Mörder ins Krankenhaus gebracht wurde. Die Schusswunde erwies sich als ungefährlich, und so konnten noch am selben Tag die Verhöre beginnen.

Es war, wie Bruckheimer befürchtet hatte. Ein Mädchenhändlerring suchte sich gezielt Kinderheime aus und hatte für die aktuelle Kampagne Hof Sonnenschein zu seiner Quelle erklärt. Alleinstehende, einsame Mädchen erschienen den Beteiligten als willige Opfer. Die Taten verliefen immer nach demselben Muster. Ein Mann nahm Kontakt auf zum Hausmeister der Einrichtung, informierte sich über die Mädchen und kam Tage später wieder, um im Auftrag der unbekannten Hintermänner eine geplante Adoption vorzutäuschen. Das spätere Opfer wurde irgendwann entführt und verschwand spurlos. Wenn die Mädchen ausgebrannt waren, in der Regel nach vier Wochen, wurden sie beseitigt. In der aktuellen Serie geschah das durch Ertrinken im Moor, eine Todesart, wie der Mörder zynisch bemerkte, die zu dieser Gegend passte.

Von Josette erfuhren sie, was mit den Opfern in der Zeit ihres Verschwindens geschah. Die Mädchen wurden als Sexsklavinnen an reiche Perverse verkauft oder als Prostituierte auf den Strich geschickt. Josette wurde vier Wochen in einem Haus an einem unbekannten Ort gefangen gehalten. Die ganze Zeit über war sie nackt in einem kalten Kellerraum an die Wand gefesselt gewesen. Mehrmals am Tag holte man sie aus ihrem Verlies, um für perverse Spiele und Vergewaltigungen zur Verfügung zu stehen. Sie hatte von Anfang an nicht geglaubt, lebend aus der Sache herauszukommen. Ihre Rettung kam völlig unerwartet, doch es zeichnete sich ab, dass das vierwöchige Martyrium Spuren in ihrer Psyche hinterlassen würde.

Durch die Verhöre des Mörders und des Hausmeisters sowie durch Josettes Aussage gelang es schließlich, Schmidt aufzuspüren. Und einige weitere Beteiligte, zu denen auch Josettes Peiniger aus dem Sklavenhaus gehörten. Die eigentlichen Verantwortlichen, die Männer, die den Ring im Hintergrund leiteten, wurden jedoch nicht identifiziert. Hof Sonnenschein war verbrannt, aber die Hintermänner würden an anderer Stelle weitermachen. Es würde immer weitergehen, so lange, wie Perverse Spaß daran hatten, kleine Mädchen zu vergewaltigen.

Zwei Tage später fand sich Lena Sander im Atoll wieder. Nachdem sie mit Bruckheimer eine halbe Stunde geschwommen war, führte er sie in den

Wellnessbereich.

„Nein", sagte sie, als sie im Handtuch vor einer der Massageliegen stand. „Ich hatte noch nie eine Massage. Wofür soll das gut sein? Man macht sich nackt und lässt sich die Muskeln quetschen?"

Bruckheimer legte sich grinsend nieder. „Kommen Sie schon. Sie werden es genießen."

Widerstrebend kam sie seiner Aufforderung nach. Ein Masseur kam, öffnete ihr Handtuch und begann mit der Prozedur.

Bruckheimer sah zu, wie sich ihr Gesichtsausdruck von Überraschung zu angenehmer Verzückung wandelte. „Gut, nicht wahr? Und anschließend trinken wir an der Bar einen Champagner."

Lena schüttelte den Kopf. „Negativ. Hier gehe ich nie mehr weg."

Die virginische Nymphe

Die Geschichte, die niederzuschreiben ich im Begriff bin – oh, wie schwer fällt es mir, die Hand ruhig zu halten -, klingt, selbst für mich, der sie leibhaftig erlebt hat, so unglaublich, dass ich jedem, der sie anzweifelt, mein vollstes Verständnis entgegenbringe. Und doch ist sie wahr, so wahr, wie die Sonne am Himmel scheint und so wahr, wie Gott die Erde erschaffen hat. Und wie er diejenigen erschaffen hat, die mich verfolgen. Wie nur, so frage ich, ja, klage ich an, konnte der Schöpfer in seiner unendlichen Weisheit so grausame, so fremdartige Wesen schaffen wie jene, mit denen ich zu tun bekam und die mir nach dem Leben trachten?

Ja, es ist wahr, ich werde verfolgt und mein Leben ist in Gefahr. Weder ist es ein Traum – und bei Gott, ich wünschte, es wäre einer -, noch ist es beginnender Wahnsinn. Wahnsinn ist allein die Tatsache, dass es sie gibt und dass sie mich auserkoren haben, mit ihnen zu gehen, dorthin, wo nie ein Mensch zuvor gewesen ist, an einen Ort, so fremd und unvorstellbar, dass er nicht von dieser Welt sein kann. So fremd, dass der Übergang von dieser Welt in jene unweigerlich den Tod zur Folge hat.

Oh, wäre ich nur nie in dieses unchristliche Gasthaus gegangen, den Ort, an dem mein Untergang begann. Meine gottverdammte Neugier! Warum nur musste ich Zeitungsschreiber werden? Hätte das Schreiben von Büchern nicht auch gereicht? Von frühester Kindheit an war es mein innigster Wunsch, für Zeitungen zu schreiben, meinen Zeitgenossen die spannendsten, gruseligsten, aberwitzigsten Geschichten zu präsentieren. Geschichten jedoch, die das Leben schrieb, keine einzige von ihnen erfunden.

Bereits mit Verlassen der Schule hatte ich eine Anstellung beim Providence Examiner gefunden, einer Wochenzeitung, die sich rühmte, die sensationellsten Geschehnisse zu recherchieren und ausführlichst und sorgfältigst über sie zu berichten. Ich hatte das Glück, in die Obhut eines der erfahrensten Redakteure des Blattes, eines Mannes namens Richardson, zu gelangen, der sich meiner auf das Ausgiebigste annahm und mich über Jahre hinweg geduldig in der Kunst des Schreibens unterwies. Die ersten Jahre schrieb ich nach seiner Anleitung, so lange, bis er meinte, jetzt verstünde ich mein Handwerk und könne allein schreiben. Als es so weit war, entstanden die sensationellsten Berichte über unglaublichste Begebenheiten entlang der Ostküste unseres Kontinents, geschrieben von mir, dem aufgehenden Stern des Examiner. Klabautermänner, Geister, Hexen, Mumien, lebendig Begrabene – der Stoff, aus dem die Sensationen sind, ging nie aus. Und alles war wahr. Alles beruhte auf wahren Begebenheiten, auf Aussagen seriöser Zeitgenossen, die über jeden Zweifel erhaben waren. Dies festigte meinen Ruf; meine Le-

ser wussten, dass meine Artikel keine Hirnge-
spinste waren, sondern samt und sonders akri-
bisch recherchierte Tatsachen. Ich kann mich rüh-
men, dass meine Artikel nicht unbeträchtlich zur
Auflagensteigerung des Examiner beitrugen.
Gleichermaßen füllte sich meine Geldbörse.

So vergingen viele glückliche Jahre. Meine Be-
scheidenheit verbietet mir zu sagen, dass ich für
meine Geschichten jeden Preis verlangen könnte,
und dass jede Zeitung der Ostküste mich mit
Kusshand nehmen würde. Doch aus Geld mache
ich mir nicht viel; nie käme ich auf den Gedanken,
dem Blatt, das mich zu dem gemacht hat, was ich
bin, die Treue aufzukündigen.

Aber ich will zum Kern meiner Geschichte
kommen. Im Herbst dieses Jahres, kurz vor Halloween, hielt ich mich in Troutdale, Virginia, auf.
Mein Redakteur hatte mich in diese Stadt geschickt, weil ihm zu Ohren gekommen war, dass
am Mount Rogers, in den tiefsten Wäldern der
Blue Ridge Mountains, etwas vorging, das mein
Interesse zu wecken in der Lage wäre und den
Stoff zu einem neuen Bericht für den Examiner
bieten könne. So schnürte ich also mein Ränzlein,
nahm die Postkutsche und machte mich auf den
langen Weg nach Troutdale.

Ich kam dort an einem Freitagabend an, es war
der Tag vor Halloween. Das Hotel, in dem ich ab-
stieg, hieß Troutdale Palace - ein sichtbar übertrie-
bener Name für seine überschaubare Größe, aber
es war sauber und das Personal freundlich und

bemüht, mir so weit wie nötig zur Hand zu gehen. Das Bett war weich und warm, der Kleiderschrank groß genug, um mein Gepäck in seiner Mannigfaltigkeit komplett zu verstauen. Nachdem ich mich eingerichtet hatte, begab ich mich an den Empfang, um mich zu erkundigen, wo ich zu Abend essen könne. Der Portier gab mir die Auskunft, dass eine Straße weiter ein annehmbares Lokal mit dem Namen Witches Inn eine Auswahl akzeptabler Speisen anböte, die einem Mann von Welt - womit er offensichtlich mich meinte - sicherlich zusagen würden. Von mir nach dem merkwürdigen Namen des Lokals befragt, gab er mir zur Antwort, die Geschichte solle ich mir besser vom Wirt erzählen lassen. Ich gab ihm ein Trinkgeld für seine Hilfsbereitschaft und machte mich auf den Weg.

Draußen war es recht kühl und ich gratulierte mir selbst ob meiner Weisheit, an Mantel und Zylinder gedacht zu haben. Die Straße, in der das Hotel lag, war auch um die Abendzeit noch recht belebt. Fußgänger flanierten an einer Reihe von Geschäften vorbei, Pferdedroschken überholten mich laut klappernd, und hin und wieder bellte ein Hund. Ich hätte mich in einer x-beliebigen Straße in Providence befinden können, der Unterschied war nicht erkennbar.

Das Witches Inn war nicht zu übersehen. Ein Holzschild mit einer aufgemalten halb nackten weißhäutigen Hexe und dem in gotischer Schrift gehaltenen Namenszug tanzte im lauen Wind. Zwei Kerle in grobem Drillich standen neben dem

Eingang und rauchten Zigaretten, jeder mit einem Glas Bier in der Hand. Sie unterbrachen ihr Gespräch, als sie mich sahen, und musterten mich misstrauisch, als ich mich näherte. Männer wie diese hatte ich Hunderte gesehen. Im Allgemeinen waren sie friedfertig, wenn auch nicht gerade mit Höflichkeit gesegnet, Fremden gegenüber jedoch misstrauisch und vorsichtig. Die beiden vor dem Inn machten keine Ausnahme. Auf mein höfliches "Guten Abend" - ich hob sogar den Zylinder - gaben sie erwartungsgemäß keine Antwort. Ich zuckte die Schultern und betrat das Lokal.

Im ersten Moment war ich, gelinde gesagt, verwirrt. Zwar hatte ich kein Nobelrestaurant erwartet - ich war ja nicht in Boston oder Philadelphia -, doch das, was mich empfing, kam einer Hinterwäldlerabsteige, einer billigen Kaschemme näher als einem Speiselokal. An den Tischen saßen krakeelende, halb betrunkene Männer - soweit ich die Szene überblicken konnte, gab es nur zwei Frauen -, die Zoten erzählten und schmutzige Lieder sangen. Schwerer Rauch von unzähligen Zigaretten hing in der Luft, nahm mir schon in der ersten Minute den Atem und zwang mich zu husten. Der Eindruck war niederschmetternd und ich fragte mich, was der Hotelportier unter einem guten Speiselokal verstand. Nun, mein Eindruck war also schockierend und führte mich zu dem Entschluss, diese ungehobelte Stätte schnellstmöglich zu verlassen und mein Glück in einer anderen Einrichtung zu suchen, die mehr Kultur besaß und wusste, was hungrige Reisende erwarteten.

In diesem Moment trat – als hätte er meine Gedanken gelesen – ein Mann an mich heran, ein hässlicher vierschrötiger Kerl von korpulenter Gestalt, der sowohl Rausschmeißer als auch Catcher sein konnte, und sprach mich an. „Sir, ich sehe, Sie sind unschlüssig, ob Sie uns die Ehre geben oder uns unverrichteter Dinge wieder verlassen wollen. Seien Sie versichert, dass Ihnen eine große Erfahrung entgeht, wenn Sie sich zum Gehen entschließen. Mein Name ist übrigens Jones, ich bin der Wirt."

Meine Züge entspannten sich und ich wandte mich ihm, nun freundlicher gesinnt, zu und stellte mich ebenfalls vor. „Danke, Mr. Jones, für Ihre Worte. In der Tat trage ich mich mit dem Gedanken, wieder zu gehen. Der Portier des Palace empfahl Ihr Haus, doch leider ist das, was ich gefunden habe, nicht das, was ich erwartet hatte. Eigentlich wollte ich in Ruhe ein ordentliches Nachtmahl einnehmen."

„Erlauben Sie mir, Ihnen zu versichern, dass Sie im Inn das beste Nachtmahl in ganz Virginia bekommen. Aber ich bin Ihnen noch eine Erklärung für den Lärm und Aufruhr in unserem Etablissement schuldig. Wie Sie wissen, Sir, ist morgen Halloween. Aus diesem Anlass tanzt heute Abend die berühmte Tänzerin und Sängerin Linda LaMotte ihren berüchtigten Hexentanz. Und das, Sir, ist der Grund, warum es hier heute Abend so voll und so laut ist. Die Männer sind nur wegen Madame La-

Motte hier. Die Show ist der Höhepunkt des Jahres. Besonders Männer werden einen unvergesslichen Auftritt erleben. Wenn Sie sich zum Bleiben entschließen, werden Sie die Aufgeregtheit und Ausgelassenheit der Männer hier verstehen."

„Nun, Mr. Jones, Sie haben mich neugierig gemacht. Also gut, ich werde bleiben."

Mr. Jones geleitete mich an einen Tisch, an dem bereits drei Männer saßen. Aufgrund der zahlreichen Gäste war es sehr eng, aber in Anbetracht des erwarteten Spektakels war diese Situation akzeptabel und zu ertragen. Ich stellte mich den Herren an meinem Tisch kurz vor, wir tauschten ein paar höfliche Worte, dann bestellte ich mein Essen, ein riesiges Rindersteak und eine Karaffe guten Rotwein. Als ich mein Mahl beendet hatte, war es kurz vor Mitternacht. Die Show sollte um zwölf Uhr beginnen. Und so war es, pünktlich zur Geisterstunde ging es los.

Zuerst wurde es so finster im Speisesaal, dass man die Hand vor Augen nicht mehr erkennen konnte. Dann hob sich der Vorhang der Showbühne, die sich am anderen Ende der Räumlichkeit befand. Glücklicherweise war die Bühne erhöht, andernfalls hätte ich vor lauter Köpfen nichts sehen können. Mitten auf der Bühne brannte in einem Metallfass, das auf einem Holzsockel stand, wohl um die Bühne nicht zu beschädigen, ein Feuer. Kerzen auf stehenden Lüstern zu beiden Seiten spendeten weiteres Licht, sodass ich in der Lage war, das Bühnenbild zu erkennen, eine dichte Ansammlung von Bäumen, die einen Wald symbolisierten. Eine Flöte begann zu spielen, eine leise getragene Melodie, die sich innerhalb weniger Sekunden zu einem kreischenden Crescendo, das die Ohren schmerzen ließ, steigerte. Und dann erschien sie.

Plötzlich stand sie vor dem Feuerfass. Ich hatte nicht mitbekommen, von wo sie gekommen war, ein Umstand, der wesentlich zu dem Zauber beitrug, der mich plötzlich gefangen hielt. Linda LaMotte war die schönste Frau, der ich je begegnet war. Langes gewelltes Haar, das bis auf ihre Hüften fiel, umgab ihr Gesicht wie ein Bilderrahmen. Soweit ich es in dem spärlichen Licht erkennen konnte, war es rotblond. Ihre Augen funkelten und ihr Gesicht war so rein und hell und unschuldig wie die Frauenfiguren auf den Gemälden der alten Meister.

Und sie war splitterfasernackt. Nicht der Hauch eines Textils bedeckte ihren schlanken durchtrainierten Körper, der sich anmutig und geschmeidig wie eine Gazelle, dabei zielstrebig und kräftig wie ein Berglöwe, bewegte und über die Bühne tänzelte, als wäre es das Natürlichste auf der Welt, nackt, wie Gott sie schuf, herumzulaufen. Jetzt verstand ich, was Mr. Jones mit der Bemerkung gemeint hatte, dass insbesondere Männer von der Darbietung Madame LaMottes begeistert wären.

Es war totenstill im Witches Inn. Niemand sprach, man hörte kein Lachen, kein Husten. Nichts. Der Saal hielt den Atem an, während alle wie gebannt nach vorn auf die Bühne starrten, wo ein nackter Wirbelwind mit gemäldegleichem Alabasterkörper die faszinierendste Vorstellung gab, die ich je in meinem Leben gesehen hatte.

Linda LaMotte spielte die Geschichte einer Hexe, die Männer verführte, ja geradezu verzauberte, und die zum Schluss auf dem Scheiterhaufen verbrannt wurde. Ein Fluch, der alle Männer Virginias betraf, waren die letzten Worte der Vorführung, die von immer wieder plötzlich aufblitzendem grellen Licht und donnernden Trommelgeräuschen begleitet und immer neuen Höhepunkten zugeführt wurde. Als das Licht anging, war Linda LaMotte wie vom Erdboden verschluckt. Genauso plötzlich, wie sie aufgetaucht war, war sie wieder verschwunden. Allgemeines Raunen setzte ein, und ich war nicht überrascht, dass die Gespräche im Gasthaus sich fortan nur noch um Madame LaMotte und ihre atemberaubende Vorstellung drehten.

Ein Blick zur Uhr zeigte mir, dass die Show eine halbe Stunde gedauert hatte. Mein Bauch war voll, meine Sinne betäubt, meine Gedanken mit Erinnerungen an die nackte Madame LaMotte erfüllt. Mehr konnte ich vom heutigen Abend nicht erwarten und so beschloss ich zu gehen. Ich verabschiedete mich von meinen Tischgenossen und begab mich an die Theke, um meine Zeche zu begleichen.

„Nun, Sir, wie hat Ihnen die Show gefallen?", fragte Mr. Jones.

„Ich muss gestehen, Sie haben nicht zu viel versprochen, Mr. Jones. Meine Erwartungen wurden noch übertroffen. Es war das Faszinierendste, was ich je auf der Bühne gesehen habe."

„Nicht wahr, Sir, die LaMotte hat es in sich. Und auch die Geschichte, die auf der Bühne präsentiert wurde, ist ein echter Gassenhauer. Sie wären erstaunt, wenn ich Ihnen erzählte, dass sie auf tatsächlichen Begebenheiten beruht."

Ich horchte auf. Über die unvergleichliche Vorstellung hinweg hatte ich doch tatsächlich meinen Auftrag vergessen sowie die Empfehlung des Portiers, den Wirt zu dem unheimlichen Namen zu befragen, den das Lokal trug. Mr. Jones sei gedankt, dass er von selbst auf meine Unterlassungssünde aufmerksam machte.

Ich beugte mich vertraulich zu ihm hinüber. „Wohlan, Mr. Jones, ich bin ganz Ohr."

Ich konnte mich nicht dagegen wehren, einen Whiskey eingeschenkt zu bekommen, und nachdem wir beide einen doppelten Bourbon getrunken hatten, begann Mr. Jones mit seiner Geschichte, einer Geschichte, die – wie ich bald feststellte – auf das Engste mit der Vorführung der Mme LaMotte verbunden war. Mit der Geschichte, derentwegen ich hierher gereist war und über die mein Redakteur mich zu berichten beauftragt hatte.

„Auch in heutiger Zeit", begann Mr. Jones, „ist der größte Teil der dichten Wälder Virginias noch unerforscht. Noch immer gibt es Areale in den Blue Ridge Mountains, die nie ein Mensch betreten, geschweige denn besiedelt hat. Man kann tagelang laufen und sich verirren, für Unkundige ein wahrer Ort des Schreckens, für manche finstere Gestalt hingegen auch eine hervorragende Möglichkeit, sich zu verbergen. Doch auch ohne die Gefahr, sich zu verirren, wäre es Wahnsinn für den einsamen Wanderer, die unheimlichen Wälder zu betreten. Allerlei schreckliches Getier, das dem Menschen nach dem Leben trachtet, haust darin: Wölfe, Bären, selbst Waldungeheuer wollen manche schon gesehen haben. Ob man daran glaubt oder nicht, es ist ein unheimliches Ding, in die Wälder einzudringen, zumal allein. Und da nur sehr wenige dies taten und wieder zurückkehrten, ist es auch nicht verwunderlich, wenn im Laufe der Jahre die wildesten Gerüchte entstanden und Geschichten von Ungeheuern und anderen schaurigen Erlebnissen die Runde machen. Ich vermag nicht zu beurteilen, wie viel dran ist an diesen Geschichten, ich weiß nur, dass ich ohne Not die Wälder der Blue Ridge Mountains und insbesondere den Mount Rogers nie betreten würde. Sehen Sie, Sir, hier, an dieser Stelle, wo jetzt mein bescheidenes Gasthaus steht, stand früher die Hütte einer Hexe. Das liegt lange zurück, etwa zur Zeit der Pilgerväter, aber es ist verbürgt, dass die Frau wirklich existierte und ihren Tod auf dem Scheiterhaufen fand. Der Legende nach hat sie im Feuer, mit den letzten Zügen ihres versiegenden Atems, die Bürger Troutdales verflucht und ihnen den ungeklärten Tod gewünscht. Und jetzt halten Sie sich fest, Sir, in den folgenden Jahren sind – bis in die heutige Zeit – immer wieder Männer verschwunden, die auf den Rogers gegangen und nicht zurückgekehrt sind. Man kann annehmen, dass sie samt und sonders in den unheimlichen Wäldern zu Tode gekommen sind. Auf welche Weise, kann man nur raten. Ihr Tod ist eben – wie die Hexe es weissagte – ungeklärt. Es geht das Gerücht, dass der Geist der Hexe an einer Stelle des Mount Rogers umgeht, die die dichteste, dunkelste und unheimlichste ist und die wir Witches Point nennen, und Männer in Gestalt einer unbekleideten Frau in den Tod lockt. Es ist die Stelle, an der vor vielen, vielen Jahren ein Meteor vom Himmel fiel und einschlug. In all den Jahren, während deren die Legende existiert, ist es nur einem Mann gelungen, lebend zurückzukommen und lange genug zu leben, um zu berichten, doch um welchen Preis. Ihm verdanken wir die Legende, doch da sein Geist umnebelt war, als er zurückkam, und seine Seele mehr und mehr dem Wahnsinn verfiel, weiß man nicht, was wahr und was Hirngespinst ist. Doch glauben Sie mir, Sir, der größte Teil der Stadtbewohner, einschließlich meiner, hält die Legende von der Hexe für wahr. Und so ist auch noch nie jemand aus unserer Gemeinschaft auch nur in die Nähe von Witches Point gegangen. Wie Sie sehen, sind wir alle noch am Leben."

Ich muss gestehen, die Geschichte, die Mr. Jones mir gerade erzählt hatte, faszinierte mich und forderte mich heraus. Ich Narr, hätte ich nur auf Mr.

Jones gehört; viel wäre mir erspart geblieben, zumindest hätte ich ein ruhiges Leben führen können, um das ich nun fürchten muss. Aber das Einzige, woran ich damals dachte, war meine Geschichte für den Examiner.

Zum Abschluss seiner Geschichte tranken wir noch einen Whiskey miteinander, und nachdem ich bezahlt und ein weiteres großzügiges Trinkgeld gegeben hatte, verabschiedete ich mich, nicht ohne das Versprechen gegeben zu haben, am nächsten Abend wieder bei ihm zu speisen.

Als ich mein Zimmer im Palace erreichte, fühlte ich mich schläfrig genug, ins Bett zu gehen. Doch war die Nacht nicht angenehm. Drei oder vier Mal wachte ich schweißgebadet auf, nachdem ich in lebhaften Träumen von der Troutdale-Hexe heimgesucht worden war. Offenbar hatte der Abend im Witches Inn seine Spuren hinterlassen. Wie dem auch sei, am nächsten Morgen fühlte ich mich trotz allem frisch und ausgeruht. Beim Frühstück reifte dann mein Plan.

Heute war Halloween. Welcher Tag eignete sich besser, die Legende von der Hexe zu überprüfen? Nun, sobald der Plan gereift war, setzte ich ihn in die Tat um. Ich traf einige Vorbereitungen, um gut für die Nacht gerüstet zu sein, kaufte einige Dinge ein, die ich benötigen würde - unter anderem gutes Kartenmaterial, Nahrung, Fackeln und Laternen – und packte meinen Rucksack, den ich wohlweislich für solche Zwecke mit auf die Reise genommen hatte. Solcherart ausgerüstet fühlte ich mich stark genug, die Wanderung nach Witches Point auf mich zu nehmen.

Gegen Mittag betrat ich das Witches Inn, nahm ein ausgiebiges Mahl ein und tat Mr. Jones kund, dass ich mein Versprechen vom Vorabend, an diesem Abend wieder bei ihm zu speisen, nicht einhalten könne, da ich dann bereits unterwegs sei. Als er hörte, dass ich plante, auf Wanderung zu gehen, verzog er missmutig das Gesicht. „Sir, ich ahne, welches Ihr Ziel ist. Ich gebe Ihnen den guten Rat, hier zu bleiben. Sie wissen nicht, auf was Sie sich einlassen. Sie fordern Kräfte heraus, denen Sie nicht gewachsen sind."

Wieder eine Warnung, auf die ich hätte hören sollen, doch leichtfertig schlug ich sie in den Wind. Ich steigerte mich sogar in die Frage, ob Mr. Jones jemanden kenne, der mich – gegen gutes Geld natürlich – auf meiner Wanderung begleiten könne. Mr. Jones sah mich nur sprachlos an und schüttelte ungläubig seinen Kopf. „Ich würde Ihnen gern helfen, Sir, aber diese Reise müssen Sie allein unternehmen. Sie werden in der ganzen Gegend niemanden finden, der sich auf Ihr Angebot einlässt."

So war es denn auch. Trotz aller Bemühungen fand ich keinen Begleiter, und so machte ich mich am frühen Nachmittag allein auf den Weg nach Witches Point. Ich rechnete damit, dass ich für die zehn Meilen, die ich durch dichte Wälder laufen musste, acht bis zehn Stunden Zeit benötigte, sodass ich gerade zur Mitternacht am Ziel eintreffen würde. Auf der am Vormittag erstandenen Karte hatte ich ausgiebig den Weg studiert, sodass ich mich sicher genug fühlte, mich nicht zu verirren. Als ich meine Wanderung begann, fegte ein kalter Wind durch die Stadt und erste Tropfen begannen vom Himmel zu fallen. Als ich in den Wald eindrang, war vom Wind nichts mehr zu spüren und auch der Regen traf nur noch gefiltert auf den Boden. Dennoch war es kalt und ich war froh, dass ich genügend warme Kleidung bei mir hatte, um der Kälte zu trotzen.

Die ersten Stunden vergingen ereignislos. Je tiefer ich in den Wald eindrang, desto größer wurde das Gefühl der Einsamkeit. Ich war mir der Tatsache bewusst, dass ich mich immer weiter von der Zivilisation entfernte; sollte mir etwas zustoßen, würde ich in ernste Bedrängnis geraten. Doch solcherart Gedanken ließ ich gar nicht erst aufkommen, ich verscheuchte sie mit Liedern, die ich sang und pfiff, sowie mit Geschichten, die ich mir selbst erzählte; ein etwaiger Beobachter hätte angesichts dieser Aktionen sicherlich Seltsames von mir gedacht.

Nach drei Stunden, in denen ich schätzungsweise vier Meilen zurückgelegt hatte, war von der Außenwelt nichts mehr wahrnehmbar. Es gab nur noch den Wald mit seinen Bäumen, dem Unterholz, das knackte, wenn ich darüber lief, dem verrottenden Laub, das im Verein mit Millionen abgestorbener Äste für ein schwebegleiches Gehen sorgte. Es musste mittlerweile in der Außenwelt die Abenddämmerung eingesetzt haben. Hier im Wald war es bereits so düster, dass ich die Hand vor Augen nicht mehr sah, geschweige denn meinen Weg erkennen konnte. Ich entschied, dass es an der Zeit war, die Laterne zu entzünden.

Ich setzte mich auf einen umgestürzten Baum, holte sodann die Laterne hervor und gönnte mir, nachdem ich für Licht gesorgt hatte, ein kleines Mahl. Mein Vorrat war noch groß und ich hatte freie Auswahl, dennoch beschloss ich, nur ein wenig kalten Braten zu nehmen, dazu ein paar Schluck von dem bei Mr. Jones gekauften Bier. Nachdem ich mich hinter einer mächtigen Eiche erleichtert hatte, ruhte ich noch ein wenig aus und schrieb einige Zeilen in mein Notizbuch. Meine Stimmung war noch immer hervorragend, der Wald lag ruhig und friedlich, Bedrohungen jedweder Art konnte ich nicht ausmachen. Ich ließ das sanfte Heulen des Windes, der durch die dichten Reihen der Bäume streifte und Laub und Äste zum Singen brachte, auf mich wirken, doch auch jetzt war das einzige Gefühl, das ich an mir ausmachen konnte, das von Einsamkeit und Melancholie. Dabei kam mir der Gedanke, dass es sich bei der Hexe um ein verirrtes Frauenzimmer handeln könne, das für sich entschieden hatte, fernab der Zivilisation ein Leben in Einsamkeit und Spartanismus zu verbringen, eine Einsiedlerin, die nichts weiter suchte als Ruhe und Frieden. Allerdings waren da die Männer, die aufgebrochen waren, die Hexe zu suchen, und nicht wiederkamen. War tatsächlich die Hexe schuld an ihrem Verschwinden? Wie auch immer, sollte es sich bei der Erscheinung um ein Wesen aus Fleisch und Blut handeln, so war ich auf eine Auseinandersetzung vorbereitet und gewiss, eine solche zu gewinnen, hatte ich doch die Pistole, die ich von meinem Vater geerbt hatte, eingesteckt und noch vor Antritt meiner Reise nach Virginia damit geübt. Bei dem Gedanken an die Pistole holte ich sie aus meinem Rucksack, überprüfte sie auf Funktionsfähigkeit und steckte sie dann in meine Jackentasche, um im Notfall schnell über sie verfügen zu können. Nachdem dies erledigt war, entschied ich, dass die Rast lang genug gedauert hatte und es an der Zeit war, die Wanderung fortzusetzen.

Die folgenden Stunden verliefen gleichförmig und langweilig. Ich kam gut voran, die ständige Bewegung hielt mich warm; der Regen, den ich ohnehin kaum gespürt hatte, hatte aufgehört. Nur die Dunkelheit war da, die ewige triste Finsternis, die mich seit dem frühen Abend begleitet hatte und mein Gefährte für den Rest meines Abenteuers sein würde. Meine Laterne wies mir den Weg, wenn auch der Umkreis, den auszuleuchten sie imstande war, eher gering und von nur bescheidenem Nutzen war. Gleichwohl gab mir das kleine Licht Mut und Zuversicht, denn wie ich feststellte, wurde die Melancholie, die schon zu Beginn meiner Wanderung Besitz von mir ergriffen hatte, von Meile zu Meile größer und heftiger. Es war gleichsam, als verließe ich die Welt und als wüsste mein

Unterbewusstsein, dass ich nicht wiederkäme. Immer wenn solcherart Gedanken in meinem Kopf auftauchten, versuchte ich, sie sofort zu unterdrücken, indem ich an andere Dinge dachte oder ein Lied vor mich hin pfiff. Doch der Erfolg war nur bescheiden; je näher ich meinem Ziel kam, desto stärker wurde meine Unruhe.

Gott sei Dank arbeiteten meine Augen noch einwandfrei und so stellte ich fest, dass ich, eine Viertelstunde vor Mitternacht, mein Ziel erreicht hatte. Witches Point, der Ort ohne Wiederkehr, vor dem die Bewohner Troutdales so fürchterlichen Respekt hatten. Einen Respekt, den ich in diesem Augenblick, wo mein Körper nahezu gelähmt, ja beinahe mesmerisiert war, durchaus nachempfinden konnte.

Witches Point. Eine Lichtung im Wald, etwa zehn auf zehn Yards im Flächenmaß. Die Kiefern und Fraserföhren, die die Lichtung begrenzten, waren mächtige Pfeiler, deren Größe Respekt einflößte und die im fahlen Licht meiner Laterne groteske Schatten warfen, die zu leben schienen und nach mir greifen wollten. Ein wahrhaft unheimlicher Ort. Und doch sollte alles noch viel schlimmer werden.

Obwohl die Lichtung mir freien Blick auf den Himmel erlaubte, war es stockfinster. Mond und Sterne hatten sich hinter dicken Wolken verborgen, als wollten sie sich vor dem drohenden Unheil verstecken. So war ich weiter auf meine Laterne angewiesen, als ich mir einen Platz suchte, an dem ich den Rest der Nacht verbringen konnte. Ich fand ihn zwischen zwei umgestürzten Kiefern, die mir Schutz nach vorn und hinten boten und, nachdem ich die Stelle mit Erde und Laub gefüttert hatte, als eine Art Nest dienten. Schnell aß ich noch etwas von dem mitgenommenen kalten Fleisch, dann löschte ich das Licht und machte es mir in meinem Nest bequem.

Nun saß ich also in völliger Dunkelheit, die Sinne in die Nacht gerichtet, der Dinge harrend, die da kamen. Bei jedem Geräusch, das an mein Ohr drang, zuckte ich nervös zusammen. Jeder, der eine Nacht allein in einem Wald verbracht hat, wird mir nachempfinden, was es bedeutet, mit Lauten konfrontiert zu werden, die man nicht deuten kann. Das Uh-uh der Eulen, das Schreien der Nachtvögel, das Flattern der Fledermäuse – all dies ist schon in der Lage, einem die Gänsehaut auf den Rücken zu treiben. Den richtigen Horror erzeugen jedoch die Geräusche, die man nicht identifizieren kann. Ständig knackte es um mich herum, dass ich zusammenzuckte und mich fragte, ob es nur ein Waldtier war, das auf seiner Wanderung nach Nahrung auf Geäst trat, oder ob die verwunschenen Bäume mit ihren Ästen nach mir griffen, um mich aufzuspießen. Oder war es gar schon die Hexe, die kam, um mich zu holen?

Kurz vor Mitternacht war die gefühlte Bedrohung so groß, dass ich die Pistole hervorholte und sie schussbereit in der Hand hielt. Bei der Gelegenheit spürte ich, dass mein Körper zitterte. Vor

Kälte oder vor Angst? Möglicherweise war es beides. Doch bevor ich dazu kam, mir weitere Gedanken zu machen, geschah das Unglaubliche.

Die Lichtung! Plötzlich stand sie in greller Helligkeit! Wo eben noch gähnende Finsternis herrschte, gab es von einer Sekunde zur anderen eine gewaltige Lichtflut, die meine Augen blendete und mich – für den Augenblick zumindest – blind machte, als hätte ich direkt in die Sonne geblickt. Ich riss den Arm vor die Augen und wandte mich ab. Großer Gott, was war nur geschehen? Woher kam der plötzliche Lichteinfall? Eines war sicher: Eine solche Helligkeit konnte nicht von Menschenhand erzeugt werden.

Als ich den Arm vorsichtig wieder herunternahm, war die Helligkeit immer noch da. Wie ein gefrorener Blitz stand sie kalt und unheimlich auf der Lichtung. Nach und nach gewöhnten sich meine Augen an die Helligkeit, die heller war als der lichte Tag, heller als ein Blitz in dunkler Nacht. Es war so hell, dass nicht einmal mehr die Bäume Schatten warfen. Jedes noch so winzige Detail des Waldbodens war deutlich sichtbar, ich konnte sogar einzelne Kiefernnadeln sehen. Und doch war diese überwältigende, atemberaubende Lichtflut, die von einem merkwürdigen Summen begleitet wurde, das meinen Körper zum Erzittern brachte, nur die Ouvertüre zu einem noch viel seltsameren Schauspiel.

Plötzlich stand sie da. Bei Gott, ich könnte schwören, dass sie wahrhaftig aus dem Nichts erschien. Eine Sekunde zuvor noch unberührter nackter Waldboden, und jetzt stand dort, in der Mitte der kleinen Lichtung, dort wo das Licht besonders intensiv zu strahlen schien, eine Frau. Und was für eine Frau! Nie hatte ich ein schöneres Wesen gesehen als dieses. Ein Körper, so weiß wie Alabaster; eine Haut, so glatt und rein wie bei einem Neugeborenen; ein Gesicht, so schön und eben, wie es nur Engel besitzen können. Leuchtende Augen, deren goldener Schimmer im Licht blitzte und funkelte. Blassrosafarbene volle Lippen, die nur darauf zu warten schienen, geküsst zu werden. Und all das wurde umrahmt von einem mähnenartigen gewellten Vorhang goldenen Haares, das dem Gesicht einen würdigen Rahmen gab, wie bei einem wertvollen Gemälde, und das ihr bis auf die schmalen Hüften herabfiel und wie ein natürlicher Mantel wirkte.

Im ersten Moment dachte ich tatsächlich, dort drüben stünde Linda LaMotte, die Schauspielerin aus dem Witches Inn. So groß war die Ähnlichkeit. Und wie Linda bei ihrer Aufführung war auch diese Frau splitterfasernackt. Ich musste zwei Mal hinsehen, um die Unterschiede zu erkennen und zu begreifen, dass diese Frau nicht Madame LaMotte war. Diese Nackte hatte einen noch grazileren Körper, ihre Augen waren heller, ihre Gestalt größer und ihre Gesichtszüge weicher. Nein, dies war eindeutig nicht Linda LaMotte.

Wer war sie? Woher kam sie? Wie war es ihr gelungen, so plötzlich auf der Lichtung aufzutauchen, ohne dass ich, der ich die ganze Zeit hinge-schaut, es mitbekommen hatte? War sie tatsächlich eine Hexe, wie die Bewohner Troutdales behaupteten? Musste es sich bei ihrer gottgleichen Erscheinung nicht vielmehr um einen Engel handeln?

Eine ganze Zeitlang stand sie still und unbeweglich wie eine Skulptur. Dabei kam es mir vor, als wüsste sie genau, dass sie beobachtet wurde, doch schien es ihr nichts auszumachen. Im Gegenteil, sie genoss es sogar, glaube ich. Ihre Augen geschlossen, stand sie sicherlich an die fünf Minuten so da, als saugte sie das Licht mit ihrer Haut auf. Und in der Tat hatte ich den Eindruck, dass ihre Haut von Minute zu Minute heller wurde. Dann gingen ihre Augen wieder auf. Und im nächsten Moment bewegte sie sich.

Langsam hob sie das rechte Bein und setzte ihren Fuß einen Schritt weiter, eine Bewegung, die steif und seltsam aussah. In einem Zirkus hatte ich vor Jahren einen von diesen unheimlichen mechanischen Menschen gesehen, die ruckartige Bewegungen mit ihren Gliedern vollführten. Genauso wirkten die ersten Bewegungen der Nymphe. Jedoch nur die ersten Schritte. Schon die nächsten waren flüssiger, und wenig später war ihr Gang so weich und fließend, dass es aussah, als schwebe sie.

Jetzt erst merkte ich, dass sie in meine Richtung ging. Mein Herz tat einen Sprung. Hatte sie mich entdeckt? Das war unmöglich; das Licht musste sie blenden, sodass sie nichts außerhalb der Lichtung erkennen konnte. Und doch kam sie direkt auf mich zu.

Während sie sich näherte, hatte ich Gelegenheit, weitere Details an ihrem makellosen Körper zu entdecken. Das Bemerkenswerteste war die Tatsache, dass sie, abgesehen von ihrem wallenden Haupthaar, keinerlei Behaarung aufwies. Ihre Augen waren nackte Löcher im Schädel, ohne Wimpern und Brauen. Und auch die Stelle im Schoß, wo bei anderen Frauen ein lockiges Dreieck zu sein pflegt, war völlig bloß. In diesem Augenblick überkam mich wieder Gänsehaut, und erneut stellte ich mir die Frage, wo diese Frau herkam. Am Rand der Lichtung blieb sie stehen. Was dann geschah, brachte mein Herz zum Klopfen, und ich kann es mir nur so erklären, dass ich mesmerisiert wurde. Ihr Kopf drehte sich in meine Richtung, und obwohl sie mich unmöglich sehen konnte, schien sie doch genau zu wissen, wo ich kauerte. Ihre Augen sahen direkt in meine. Bis heute weiß ich nicht, wie sie das machte, aber es war tatsächlich so. Als bestünde ein unsichtbares Band zwischen uns, waren unsere Blicke aufeinander gerichtet.

Und dann hörte ich ihre Stimme, ein glasklares, glockenhelles Singen, so weich, wie nur ein Engel klingen kann. Sie breitete die Arme aus und sagte nur ein einziges Wort: „Komm."

Und ich kam. Wie verzaubert erhob ich mich aus meinem Versteck und stapfte steif und unbeholfen auf die weiße Nymphe zu. In jenem Moment merkte ich noch nicht, dass ich die Pistole in meinem Versteck zurückließ, aber wahrscheinlich hätte sie mir ohnehin nichts genützt.

Als ich bei ihr war, gab sie mir ihre Hand - eine Hand so weich wie ihre Stimme, so zart wie die Hand eines kleinen Mädchens - und zog mich mit sich bis in die Mitte der Lichtung. Und dort entkleidete sie mich. Dem Leser mag dies merkwürdig vorkommen, aber ich befand mich in einem Zustand der Paralyse. Irgendetwas strahlte dieses Wesen aus, das mich willenlos machte, und so ließ ich es geschehen, dass sie ein Kleidungsstück nach dem anderen von meinem Körper entfernte, bis ich so nackt war wie sie selbst.

So standen wir uns schließlich eine ganze Weile, ohne dass etwas geschah, Auge in Auge gegenüber. Wie lange dieser Zustand andauerte, vermag ich nicht zu sagen, da ich jedes Zeitgefühl verloren hatte. Waren es Sekunden? Waren es Minuten oder gar Stunden? Die Wahrscheinlichkeit spricht dafür, dass es nur wenige Minuten waren, andernfalls hätte mein Körper angesichts der herrschenden Kälte sicherlich entsprechende Reaktionen gezeigt. In dem Zustand, in dem ich mich befand, spürte ich jedenfalls weder Kälte noch Wärme.

Plötzlich wurde das leise Summen, das die ganze Zeit über da gewesen war, lauter und steigerte sich zu einem unangenehmen Dröhnen, das mein Gehirn in Schwingungen versetzte und Kopfschmerzen verursachte. Als ich meinte, es nicht mehr aushalten zu können, zeigte die Nymphe mit einer Hand nach oben. Meine Augen folgten ihrem Fingerzeig, und was ich dann sah, war so erstaunlich, dass ich mich zu fragen begann, ob ich in meinem Versteck eingeschlafen war und träumte. Ein riesiges Ding aus Metall schwebte über unseren Köpfen, konvex gewölbt wie eine ins Gigantische vergrößerte Obstschale. Die eine oder andere Ausbuchtung war auf der Oberfläche zu erkennen, die ansonsten glatt war wie der Rumpf eines Schiffes. Woher diese Analogie auf einmal kam, weiß ich nicht, aber in der Tat hatte ich das Gefühl, über mir schwebe ein Schiff. Auf irgendeine Weise hatte diese gewaltige Scheibe die Schwerkraft überwunden und schwebte in dreißig Fuß Höhe über dem Erdboden wie ein Ballon.

Nachdem ich minutenlang gestarrt hatte, bis die Augen zu tränen begannen, bemerkte ich im Zentrum der Scheibe eine Bewegung. Ein Spalt wurde sichtbar, winzig klein zunächst, doch von Minute zu Minute größer werdend. Aus dem Spalt drang ein helles Licht, das genauso kalt wirkte wie jenes auf der Lichtung. Schließlich war eine rechteckige Öffnung von etwa zehn auf zehn Fuß entstanden. Was sich dahinter befand, konnte ich nicht erkennen, da das Licht derart blendete, dass ich erneut befürchtete zu erblinden.

Plötzlich hatte ich das Gefühl, schwerelos zu werden. Wie beim Schwimmen im Wasser, das ja die Schwerkraft zum größten Teil aufhebt, schwebte ich auf einmal in der Luft, die Glieder so leicht wie ein Lufthauch. Noch bevor ich weiter darüber staunen konnte, hatte sich die Umgebung verändert. Es war immer noch hell, sodass ich geblendet die Augen zusammenkniff, doch dass ich mich nicht mehr auf der Lichtung befand, war eindeutig. Schemen im Hintergrund, von denen einige sich bewegten wie Menschen und andere starr waren wie Maschinen, gaben mir die Gewissheit, mich an einem anderen Ort zu befinden. Mein Gefühl sagte mir, dass ich mich im Inneren der fliegenden Schale befände, und wie ich später erkannte, war es auch so.

Bevor ich mich an die Umgebung gewöhnen oder auch nur in irgendeiner Form reagieren konnte, wurde ich von Dutzenden Händen gepackt und zu einer Liege gezerrt, die auf einmal neben mir stand. Ehe ich mich versah, lag ich darauf. Im nächsten Moment spürte ich den Einstich einer Nadel an meinem linken Arm. Panik überkam mich. Was war hier los? Wie war es dazu gekommen, dass ich so plötzlich die Kontrolle über mich selbst verloren und sie an die weiße Nymphe gegeben hatte?

Ich spürte, wie mir die Kontrolle über meinen Körper immer weiter entglitt. Wie beim Einschlafen vernebelten meine Gedanken immer mehr, bis sie jenen Zustand des dösenden Halbschlafs erreichten, in dem man nicht weiß, ob man wacht oder träumt. Und so weiß ich auch nicht, ob das, was ich im Folgenden erlebte, nur ein Traum war. Ich bin geneigt anzunehmen, dass es kein Traum war, sondern schiere, grausige Wirklichkeit, denn der Einstich in meinem Arm ist eine Tatsache. Und auch die Verfolgung, der ich derzeit ausgesetzt bin, lässt sich nur erklären, wenn die Geschehnisse in der schwebenden Obstschale Realität waren.

Was ich also wahrnahm, ist Folgendes. In jenem Dämmerzustand, in dem ich mich nach dem Einstich - bei dem es sich zweifellos um die Injektion eines Betäubungsmittels handelte -, befand, erkannte ich eine Handvoll kleiner Gestalten um mich herum. Sie wirkten wie Kinder, doch der Ausdruck ihrer Gesichter war zweifellos der von Erwachsenen. Doch was waren das für Gestalten? Ihre Körper so nackt wie meiner, besaßen sie einen kartoffelförmigen Bauch mit Gliedern zart wie Strohhalme. Sie waren unbehaart wie die Nymphe, mit dem Unterschied, dass auch ihre Häupter keinerlei Behaarung aufwiesen. Das Auffallendste an ihren Gesichtern war das Fehlen von Nase und Ohren, die Lippen waren schmal und blutleer, die Augen dafür groß und wachsam.

Was waren das für Wesen? Woher kamen sie? Wieder ergriff mich die Panik. Ich versuchte, mich zu bewegen. Zwecklos. Die Lähmung war vollkommen.

Im nächsten Moment stand sie vor meiner Liege. Ich hatte nicht mitbekommen, dass auch die Nymphe hierher verbracht worden war, doch da stand sie, die kindlichen Gestalten um Haupteslänge überragend. Wie eine Mutter mit ihren Kindern. Wie eine Mutter gab sie den anderen auch Anweisungen in einer Sprache, die ich nicht verstand. Es war eine Mischung aus Gesang und Vogelzwitschern mit Lauten, die ich noch nie gehört hatte. Gleich danach begannen die kleinen Wesen, sich an mir zu schaffen zu machen. Ich spürte Berührungen an jeder einzelnen Stelle meines Körpers. Die harmlosesten verursachten ein gemeines Kitzeln, die überwiegende Anzahl jedoch erzeugte Schmerzen. Ich wollte schreien, doch meine Stimme war gelähmt. Hilflos, aber dennoch bei Bewusstsein, musste ich alles durchstehen. Was sie im Einzelnen mit mir machten, erspare ich mir zu berichten, zu demütigend waren die Experimente - so will ich ihre Handlungen nennen.

Der Vorgang musste Stunden gedauert haben, und als sie endlich fertig waren, war auch ich fertig. Fertig im physischen Sinne, ausgelaugt, erschöpft, müde. Missbraucht. Ich wollte nichts sehnlicher, als diesen schrecklichen Ort der Demütigung zu verlassen. Der Augenblick kam schneller als ich dachte. Offenbar wähnten sie mich als willenloses Opfer, denn nur so ist zu erklären, dass sie nicht aufpassten und mir die Gelegenheit zur Flucht boten.

Trotz der blendenden Helligkeit und meiner gestörten Sinne erkannte ich das Loch im Boden auf Anhieb. Es war eine rechteckige Öffnung, offenbar dieselbe, die ich gesehen hatte, bevor ich mich unversehens in diesen Räumlichkeiten wiedergefunden hatte. Anscheinend handelte es sich um eine Luke, die ins Freie führte. Und sie war geöffnet. Als wir daran vorbeikamen, erkannte ich unter uns den Waldboden; die Lichtung, auf der Stunden zuvor die Nymphe und mein damals noch unbeschädigter Körper gestanden hatten.

Ich überlegte nicht lange. Ich hatte keinen Zweifel, dass diese Wesen mich zu einem Gefängnis bringen wollten, um zu anderer Zeit ihre Experimente an meinem Körper fortzuführen. Alles war besser als diese Aussicht, und so nahm ich alle mir verbliebenen Kräfte zusammen und riss mich los. Dass es mir tatsächlich gelang, ihren Klauen zu entkommen, grenzt im Nachhinein an ein Wunder, und bei nüchterner Betrachtung der Dinge muss ich in Erwägung ziehen, dass sie mich absichtlich losließen, um anschließend umso mehr Spaß an der Jagd auf mich zu haben. Jedenfalls war ich lange genug frei, um die Luke zu erreichen, einen Blick nach unten zu werfen, meine Überlebenschancen abzuwägen und zu springen.

Ja, ich sprang. Dreißig Fuß klingt, wenn man nach oben sieht, nicht nach viel. Doch in die umgekehrte Richtung, sind dreißig Fuß eine Höhe, die Schwindel erregen und Höhenangst auslösen. Doch ich hatte keine Wahl. Ich wusste, ich konnte sterben, aber diese Aussicht war mir lieber als jene, den Rest meines Lebens unheimlichen Wesen für grausige Experimente zur Verfügung zu stehen. Ich zweifelte nicht, dass all die Mutigen, die den Weg nach Witches Point gewagt hatten, diesen Wesen, woher sie auch immer kamen, zum Opfer gefallen waren. Alle bis auf zwei Männer, von denen einer dem Wahnsinn verfiel und im Nachhinein doch sein Leben an die Nymphe verlor, und der andere daran war, dasselbe Schicksal zu erleiden.

Nun, diese Worte beweisen, dass ich den Sprung überlebte. Der Aufprall auf den Boden war hart, doch die Tatsache, dass mein Sturz durch das weiche Laub und Gras, auf das ich fiel, bedeutend abgemildert wurde und mir unmittelbar nach dem Aufprall eine Seitwärtsrolle gelang, die den Effekt des Aufpralls minderte, retteten mir das Leben. In jenem Moment dachte ich jedoch nicht lange über das Glück meiner gelungenen Flucht nach. Ich verschwendete keine Zeit damit, meine Ausrüstung aus meinem Versteck zu holen. Nackt wie ich war, lief ich einfach los. Die glutende Helligkeit auf der Lichtung wies mir den Weg.

Ich lief und lief und lief. Auch als die Helligkeit, von der ich bis heute nicht weiß, wie sie erzeugt wurde, verschwunden war, lief ich blindlings weiter. Mein Atem keuchte, meine Augen brannten und meine Füße wurden aufgerissen von Gestein und Geäst, das allerorten auf dem Boden lag. Ich troff vor Schweiß trotz der nächtlichen Kälte der Blue Ridge Mountains. Ich war noch nicht lange gelaufen, als die Morgendämmerung begann. Demnach hatte ich wohl fünf bis sechs Stunden in der fliegenden Schale verbracht. Ich schüttelte die Gedanken an meine Peiniger ab. Nur einmal blickte ich hinter mich, um zu sehen, ob ich verfolgt wurde. Seltsamerweise war das nicht der Fall. Erst später wurde mir bewusst, dass sie eine plumpe

Verfolgungsjagd nicht nötig hatten; ihnen standen andere Mittel zur Verfügung, mich aufzuspüren.

Als ich schließlich die Zivilisation erreichte, war ich am Ende meiner Kräfte. Die Blicke der Menschen, die sich wohl ihre Gedanken machten beim Anblick eines gehetzten nackten Mannes, ignorierte ich. Mit letzter Kraft erreichte ich mein Hotel, ließ mir meinen Schlüssel aushändigen, schloss mich in mein Zimmer ein und warf mich auf mein Bett, wo ich sofort einschlief und, begleitet von grässlichen Träumen, durchschlief bis in den Abend. Am Morgen darauf verließ ich Troutdale.

So endete also mein Ausflug nach Virginia und meine Begegnung mit der virginischen Nymphe. Ob sie wirklich eine Hexe war, vermag ich nicht zu beurteilen. Tatsache ist jedoch, dass die Wesen, mit denen sie sich umgab, nicht von dieser Welt waren. Vermutlich war es nicht einmal sie selbst. Entweder stammten sie direkt aus der Hölle oder sie kamen aus einem anderen Universum, vielleicht mithilfe der seltsamen schwebenden Schale, in der sie mich gefangen gehalten hatten.

In den nächsten Tagen schrieb ich meine Geschichte auf. Sie erschien in Fortsetzungen im Examiner und schlug ein wie eine Bombe. Wie erwartet, stieg die Auflage auf das Doppelte und mein Verleger trug sich mit dem Gedanken, sie als Buch herauszubringen.

Ich weiß nicht mehr genau, wann es begann. Draußen lag Schnee, es muss also etwa drei Monate nach meiner Flucht aus den Klauen der Fremdartigen gewesen sein. Von einer Nacht auf die andere schlich sich in meine Träume die Nymphe. Genauso plötzlich, wie sie damals auf der Lichtung von Witches Point aufgetaucht war, erschien sie nun in meinem Traum, gleichsam als Traum in einem Traum. Sie stand einfach da und sah mir in die Augen, direkt in die Augen, als wäre sie körperlich da und ich hellwach. Dieser Anblick war so intensiv, dass ich, obwohl ich mir bewusst war, dass ich nur träumte, das Gefühl hatte, wach zu sein und der Hexe gegenüberzustehen.

Dann begann sie zu sprechen, wobei ihre Lippen sich unheimlicher Weise nicht bewegten. Sie sprach gleichsam von Geist zu Geist, wie ein Gedankenleser. Sie sagte: „Du gehörst uns. Du entkommst uns nicht."

Im nächsten Moment tauchten die zwölf kleinen garstigen Gestalten auf, denen ich in der schwebenden Schale begegnet war und an die ich die unangenehmsten Erinnerungen hatte. Ihre Gesichter waren so wächsern und ausdruckslos wie damals, und doch hatte ich das Gefühl, sie verhöhnten mich.

Als ich am nächsten Morgen aufwachte, lachte ich. Ich lebte, mein Zimmer wies keine Spuren eines Einbruchs auf. Der Traum war nur ein Traum. Und doch stellte sich später am Tag ein seltsames Gefühl ein, als ich, kurz nachdem ich nach Dienstschluss den Examiner verließ, in einer Nische zwischen zwei Häusern in der Elm Street einen der nackten Kobolde zu sehen glaubte. Ich blieb stehen, wischte mir mit der Hand über die Augen und sah ein zweites Mal hin. Nichts. Offenbar hatte ich einen Tagtraum.

Doch in den nächsten Tagen tauchte die Gestalt immer wieder auf, jedes Mal an einer anderen Stelle. Litt ich an Verfolgungswahn? Ich muss ergänzen, dass seit jener Nacht auch der Traum immer wieder kam. „Du gehörst uns. Du entkommst uns nicht." Diese Worte verfolgten mich von nun an. In jeder Nacht derselbe Traum, am nächsten Tag einer der Kobolde an irgendeiner Stelle der Stadt, wo ich ihn nicht vermutete.

Nach einer Woche war ich so nervös, dass ich mich nicht mehr aus der Redaktion traute. Sobald ich die Straße betrat, sah ich mich um, in der Angst, er stünde um die nächste Ecke. Und wenn ich ihn dann sah, begann ich Passanten zu fragen, ob sie ihn ebenfalls gesehen hätten, doch ungläubige Gesichter waren alles, was ich erntete.

Nach zwei Wochen war ich so weit, dass ich nicht mehr schreiben konnte. Ich nahm mir Urlaub und verbarrikadierte mich in meiner Wohnung. Doch wenn ich geglaubt hatte, von nun an ließe die Verfolgung nach, so hatte ich mich geirrt. Zwar blieben jetzt die Erscheinungen in den Straßen aus, dafür begann eine Reihe ganz anderer Heimsuchungen. Der nächtliche Traum war jetzt begleitet von einem Hämmern und Klopfen, dergestalt, als ob jemand in meine Wohnung einzudringen trachtete. Diese Klopfgeräusche wurden von Nacht zu Nacht intensiver. Jedes Mal, wenn sie erschallten, begann mein Herz im selben Rhythmus zu hämmern. Ich begann zu schwitzen und anschließend gelang es mir nicht mehr einzuschlafen.

Ich weiß, dass es sich bei den Eindringlingen um die Kobolde der Nymphe handelt. Sie sind tatsächlich gekommen, mich zu holen. Ich stelle mir die Frage, ob eine Flucht nützen würde, doch sie haben mich in Providence aufgespürt, sie werden mich an jedem anderen Ort der Welt finden. Ich muss erkennen, dass die Hexe Recht hat. „Du gehörst uns. Du entkommst uns nicht."

Ich muss dem Ganzen ein Ende bereiten und mich der Hexe stellen. Heute Nacht, so habe ich beschlossen, soll die Entscheidung fallen. Eine neue Pistole, die ich mir vor ein paar Tagen gekauft habe, liegt schussbereit neben mir. Heute Nacht. Sie oder ich.

...

Mitternacht. Ich bin noch wach. Kein Traum diese Nacht. Dann das Klopfen. Ja, es klopft auch ohne Traum. Das Hämmern ist also Realität. Sie sind da. Sie oder ich ...

Nachruf des Providence Examiner

Mit tiefem Bedauern nehmen wir Kenntnis vom Ableben unseres Reporters ... Mr. ... war viele Jahre für unsere Zeitung tätig und hat mit seinen lebhaften und aufregenden Berichten sehr zum Wohle unserer Zeitung beigetragen. Unser tiefes Mitgefühl gilt den Hinterbliebenen.

Mr. ...s Leiche wurde am Morgen des 14. Februar 18.. in seiner Wohnung gefunden. Offenbar ist er einem wahnsinnigen Mörder zum Opfer gefallen. Sein Körper war regelrecht zerstückelt, seine inneren Organe wie auch sein Gehirn wurden am Tatort nicht gefunden. Sein Mörder ist flüchtig.

Wir trauern mit den Angehörigen und werden uns seiner stets mit Stolz erinnern. ... wird eine große Lücke bei uns hinterlassen.

Die Hütte

Der Schneefall setzte so plötzlich ein, dass Tom Heinrichs keine Chance hatte. Eben noch war die Straße frei und die Sicht ausgezeichnet, und eine Minute später konnte er den Asphalt nicht mehr sehen. Gut, die Vorzeichen waren dagewesen: der braun-schwarz gefärbte Himmel, die Wettervorhersage. Er hatte Bescheid gewusst. Aber wie, in Gottes Namen, konnte er ahnen, dass der Schnee mit einer solchen Plötzlichkeit einsetzte? Und mit einer solchen Heftigkeit?

Dabei war Schnee eigentlich genau das, was er wollte. Debbie, die neben ihm saß und allmählich nervös wurde, und er hatten nur dieses Wochenende, der nächste längere Urlaub war noch Monate entfernt. Kurz entschlossen hatten sie ein Skiwochenende in St. Andreasberg gebucht. Der Harz lag vor der Haustür, schneller und einfacher zu erreichen als die Alpen. Und Skiurlaub ohne Schnee … Nun, der Schnee war also in Ordnung. Aber in solchen Mengen?

Tom fuhr den BMW an den Straßenrand - oder zumindest an das, was er für den Straßenrand hielt, erkennen konnte er ihn nicht -, schaltete das Warnblinklicht ein und öffnete die Tür.

„Was hast du vor?", fragte Debbie ängstlich.

Er gab ihr einen Kuss. „Keine Angst, Liebes. Ich will nur gerade schauen, wie die Straße weitergeht. Der Schnee ist so dicht, dass wir quasi blind fahren."

Sie nickte, aber ihr Blick sagte, dass sie es besser fände, wenn er bei ihr blieb. Tom seufzte im Stillen. Das war eine ihrer Schwächen. Schon in der Schule war Deborah Baumeister ein ängstliches Mädchen gewesen. Aber gerade das hatte er an ihr so sexy gefunden; so war es ihm leichter gefallen, den Beschützer zu spielen.

Tom stieg aus. Vom Asphalt der Straße war schon nichts mehr zu erkennen. Seine Füße hinterließen dicke Abdrücke, als er sich langsam in Bewegung setzte. Der Schnee war so dicht, dass er keine zwei Meter weit sehen konnte. Er fluchte. So war es unmöglich weiterzufahren. Es würde ihnen nichts anderes übrigbleiben, als im Auto auf das Ende des Schneesturms zu warten.

Der Schnee fiel in außergewöhnlich dicken Flocken, setzte sich in seinem Haar und seiner Kleidung fest. Im Nu war Tom so weiß wie die Landschaft ringsum. Er begann zu frieren, als die schmelzenden Flocken seine Kleidung durchnässten. Mutlos richtete er seinen Blick in die weiße Wüste. Vor zwei Minuten noch war sie eine Landschaft gewesen mit Tannen, Kiefern und Föhren, die den Wegrand säumten und die die Gegend dominierten. Jetzt war von den Bäumen nichts mehr zu sehen als weiße Stämme mit weißen Kronen, wie riesige weiße Riesen, die die Herrschaft über die Welt übernommen hatten. Unheimlich, dachte Tom. Ein Hauch von beginnendem Wahnsinn. Links Weiß, rechts Weiß, vorne, hinten, oben, unten. Überall nichts als dichtes unendliches Weiß, das die Welt allmählich erstickte. Kein Geräusch drang an sein Ohr; es war, als hätte die Welt den Atem angehalten. Nur der Schnee schien lauter und lauter zu werden und mit lautem Trommeln auf dem Boden aufzuschlagen. Wahnsinn.

Tom schlug die Arme um seine Brust und ging ein paar Schritte in Fahrtrichtung. Täuschte er sich, oder ging da vorne, nur etwa zehn Meter vom Auto entfernt, ein Seitenweg von der Straße ab? Der Schnee machte es unmöglich, Genaueres zu erkennen, aber wenn er Glück hatte ... Vorsichtig setzte er einen Fuß vor den anderen, sorgfältig darauf achtend, die Richtung beizubehalten, bis er die Stelle erreichte, die ihm aufgefallen war. Tatsächlich, es war ein Weg. Er hatte keine Ahnung, wohin er führte, doch schien es ihm sicherer, die Hauptstraße zu verlassen und den Schneesturm dort abzuwarten. Langsam machte er sich wieder auf den Rückweg.

Debbie hockte zusammengekauert auf dem Beifahrersitz. Als sie Toms eingeschneite Gestalt sah, schrie sie auf, war aber gleichzeitig erleichtert, dass er wieder da war.

„Zehn Meter voraus ist ein Seitenweg", sagte er. „Dorthin werden wir fahren und dann in aller Ruhe den Sturm abwarten."

Sie nickte und stellte die Heizung höher, weil das Öffnen der Tür Kaltluft in den Wagen zog. Der Schnee auf Toms Kleidung schmolz danach schnell, dennoch war sie klamm und unangenehm. Mit zitternden Händen löste er die Handbremse und fuhr los. Nein, dachte er, er fuhr nicht, er kroch. Zentimeter um Zentimeter schob sich der BMW voran. Obwohl er sein Bestes gab und die Konzentration auf die Straße Kopfschmerzen verursachte, musste er feststellen, dass er schon nach wenigen Sekunden die Orientierung verloren hatte. Er fluchte, stieg aus und suchte erneut nach dem Weg. Glücklicherweise fand er ihn schnell, aber er war genervt, als er sich wieder hinter das Steuer setzte. Das Spiel wiederholte sich drei Mal, und als er endlich den Motor abstellte, war er erschöpft wie nach einem zweistündigen Dauerlauf.

Ein letztes Mal stieg er aus, überzeugte sich davon, dass der Wagen gut stand, öffnete den Kofferraum und entnahm ihm eine Reisetasche, die er auf dem Rücksitz deponierte.

„Was machst du da?", fragte Debbie, als er wieder eingestiegen war.

„Ich will mir was Trockenes anziehen."

Sich in der Enge des Autos auszuziehen, entpuppte sich als mittlere akrobatische Übung, doch gelang es ihm trotz seiner steif gefrorenen Knochen in relativ kurzer Zeit. Als er nackt auf dem Rücksitz saß und sich mit einem Handtuch trocken rieb, begann Debbie ebenfalls sich zu entkleiden. „Wie wäre es mit Körperwärme zum Aufwärmen?", fragte sie und ließ ihre Augen schelmisch blitzen.

Eine halbe Stunde später saßen sie vorn, Tom

neu eingekleidet, einen Rollkragenpullover auf dem Leib. Als sie die Innenbeleuchtung einschalteten, stellten sie fest, dass der BMW eingeschneit war. Eine dicke Schneeschicht umhüllte das Fahrzeug und verhinderte die Sicht nach draußen. Tom fröstelte, und diesmal lag es nicht an nasser Kleidung.

Nach einer Stunde fiel ihnen nichts mehr ein, was sie sich noch erzählen konnten. Tom schaltete das Radio ein, doch mehr als ein dunkles Rauschen war nicht zu vernehmen, so sehr er sich auch bemühte, eine Frequenz zu finden. Offenbar störte der Schnee den Empfang. Ein seltsames Phänomen, fand er, so etwas hatte er noch nie erlebt. Resigniert lehnte er sich zurück und schloss die Augen. Debbie begann ein Lied zu summen.

Dann spürte er einen Schlag an seiner Schulter. Verwirrt öffnete er die Augen. „Was ist los?"

„Wach auf. Da draußen ist etwas."

Verblüfft stellte er fest, dass seit seinem Versuch, einen Sender zu finden, eine halbe Stunde vergangen war. Er musste eingeschlafen sein, bis Debbies Schlag ihn geweckt hatte.

„Wie, da ist etwas?" Er richtete sich auf und glotzte Debbie verständnislos an.

In ihren Augen leuchtete die Angst. „Da ist etwas gegen unseren Wagen gestoßen."

„Wann?"

„Gerade eben."

„Ein Mensch oder ein Tier?"

„Ich weiß es nicht. Auf einmal krachte es, und

der Wagen schaukelte."

Ratlos sah Tom seine Freundin an. Erwartete sie jetzt, dass er ausstieg und nachsah, was passiert war? Auf keinen Fall. Nicht solange der Schneesturm tobte. Deutlich hörte Tom das Tosen des Windes, das klang wie ein klagendes Heulen. Unheimlich. Tom lief Gänsehaut über den Rücken.

Er nahm Debbies Hand. „Vielleicht war es ein Reh, das sich im Schnee verlaufen hat. Warten wir ab. Da passiert nichts mehr."

Eine Weile blieben sie im Dunkeln sitzen und sagten nichts. Debbie würde sich wahrscheinlich Gedanken machen und sich alles Mögliche vorstellen, das gegen den Wagen geprallt war. Tom hingegen versuchte sich einzureden, dass gar nichts geschehen war. Vielleicht war einfach nur ein abgebrochener Ast auf das Dach gefallen. Er verschwendete keinen weiteren Gedanken daran und war im Nu wieder eingedöst.

„Da ist es wieder."

„Was?" Oh, nein, bitte nicht schon wieder, dachte er, als er seine Augen aufschlug. Dieses Mal hatte er eine Viertelstunde geschlafen.

Debbie saß zusammengekauert auf ihrem Sitz und starrte in die Dunkelheit. Auf dem Boden, zwischen ihren Füßen, lag eingeschaltet die Handlampe aus dem Handschuhfach. Der Lichtstrahl verwandelte Debbies ängstliches Gesicht in eine groteske Fratze. Sie sah ihn nicht an, starrte nur aus dem Fenster.

„Da ist etwas, Tom. Es will uns Angst machen."

Tom wunderte sich, dass er so müde war. Es war mitten am Tag, aber durch die zugeschneiten Fenster, durch die kein Licht drang, hatte er das Gefühl, es wäre Nacht. Er wühlte in seinem Rucksack und fand schließlich eine Tafel Schokolade, von der er einen Riegel abbrach und ihn sich in den Mund schob. Zucker würde ihn hoffentlich wach machen. Gut, und jetzt zu Debbie.

„War es wie beim ersten Mal?"

„Warum bleibst du nicht einfach wach und erlebst es selbst?"

Dem hatte er nichts entgegenzusetzen. „Kannst du beschreiben, wie es war?"

Sie drehte sich zu ihm um, ergriff seine Schultern und blickte ihn mit geröteten Augen an. Hatte sie geweint? Im diffusen Halblicht der Lampe wirkte ihr Gesicht nahezu dämonisch. Tom erschauerte.

„Stell dir vor, du bist in New York. Unser Auto steht mitten in der Bronx. Wir sind die einzigen Weißen. Und die Einzigen mit einem funktionierenden Auto, einem Luxusauto. Es dauert nicht lange, bis wir umzingelt sind. Von Dutzenden Schwarzen, von einer Gang, deren einziges Bestreben es ist, uns das Auto abzunehmen. Sie kommen näher und beginnen mit ihren Provokationen. Sie sehen uns im Wagen. Sie sehen unsere Angst. Dann fangen sie an. Erst einer. Er stellt sich vor die Fahrertür, legt die Hände auf die Karosserie und beginnt, den Wagen zu schaukeln. Sanft erst, weil er seine Kräfte erst sammeln muss. Dann stärker."

„Du hast zu viele amerikanische Filme gesehen."

„Aber so war es. So fühlte es sich an. Und es wird weitergehen. Die anderen Schwarzen werden in die Schaukelei einsteigen. Wir werden durcheinandergeschüttelt und werden unseren Verstand verlieren."

„Debbie." Tom nahm sie in die Arme und beruhigte sie. „Debbie. Beruhige dich. Du steigerst dich in etwas hinein. Ich bin bei dir. Du wirst sehen, dass alles ganz harmlos ist."

Die nächsten Minuten hielt er Debbie umarmt, während er sich bemühte, einen Sender in das Radio zu bekommen, um wach zu bleiben, doch der Empfang war nach wie vor gestört.

Plötzlich vernahm er einen dumpfen Schlag. Der Wagen schaukelte kurz. Dann war es vorbei. Er bemerkte, wie seine Knie zu zittern begannen. Verdammt, Debbie hatte recht gehabt.

Sie war ohne Triumph, als sie sagte: „Jetzt hast du es doch auch gemerkt, oder?"

Er nickte und gab ihr einen Kuss. Seine Gedanken überschlugen sich. Was für ein Tier legte ein solches Verhalten an den Tag? Es stieß den Wagen an, einmal nur, und verschwand dann, nur um nach wenigen Minuten wiederzukehren und den Vorgang zu wiederholen. War es wirklich ein Tier?

Tom beschloss, den Dingen auf den Grund zu gehen. Entschlossen griff er nach seiner Jacke und öffnete die Tür.

„Was hast du vor?", fragte Debbie mit zitternder Stimme.

„Ich sehe nach. Vielleicht finde ich ja das Monster, das uns ärgert."

„Monster?" Debbies Augen wurden größer und sahen ihn voller Angst an.

„Das war nur so daher gesagt." Er strich ihr tröstend über den Kopf und gab ihr einen weiteren Kuss.

Sie griff nach seinem Arm. „Bleib hier. Was, wenn es dich anfällt?"

„Dafür müsste es mich erst mal schnappen. Aber im Gegensatz zu unserem Auto kann ich mich frei bewegen." Er tätschelte ihre Hand. „Mach dir keine Sorgen. Mir wird nichts geschehen."

Es waren die letzten Worte, die Debbie von ihm hören sollte.

Allein.

Es war ein alles beherrschender Gedanke. Sie war jetzt allein. Tom war noch keine Minute draußen, als sich ihre Atmung beschleunigte. Sie bemerkte es, bevor der Rhythmus in Hyperventilation überging. Beruhige dich, sagte sie zu sich selbst, während sie ihre Hände auf die Knie legte und sich zu gleichmäßigem Atmen zwang, ihm wird nichts passieren.

Noch immer war es dunkel im Auto, die Handlampe zu ihren Füßen spendete zwar Licht, doch war ihr Strahl auf den Boden gerichtet, sodass er sie nicht blendete. Die Lampe. War es nicht besser, sie auszuschalten und die Batterien zu schonen? Wer wusste schon, wie lange der Schneesturm noch anhielt? Sie beugte sich hinunter und löschte das Licht. Von nun an war stockfinster.

Debbie blickte zum Fenster hinaus. Nichts. Eine dicke Schneeschicht, die an der Scheibe klebte wie Kaugummi, nahm ihr jede Sicht. Ein Gedanke tauchte auf. Wenn sie sie beseitigte, konnte sie dann vielleicht – und seien es nur für wenige Augenblicke – die Umgebung besser sehen?

In der Fahrertür hatte Tom einen Eiskratzer deponiert. Debbie langte hinüber und tastete das Ablagefach ab. Ja, da war er. Sie zog ihre Jacke an und stieg aus. Herr im Himmel, war das kalt. Und der Schnee … Wo vor einer Stunde noch Straße und Waldboden zu sehen gewesen waren, lag nun ein weißer Teppich, der sich bis in die Unendlichkeit zu erstrecken schien. Schnee, soweit das Auge sah. Schnee, der die Bäume in weiß gefärbte Monstrositäten verwandelt hatte. Schnee, der auf dem Boden nicht die kleinste Unregelmäßigkeit erkennen ließ, keinen Strauch, keinen Busch, kein Unterholz. Schnee, der das Leben in der Umgebung nach und nach erstickte, der ihren Gesichtskreis einschränkte und ihr jede Orientierung nahm. Sie fühlte sich wie in einer anderen Welt, mit dem Auto als einzigem Bezugspunkt zur Realität.

Die Scheiben waren schnell freigelegt. Debbie wunderte sich, wie leicht es ging. Doch gleichzeitig erkannte sie, dass ihre Arbeit sinnlos war. Es dauerte keine Minute, da hatten die dicken Flocken den BMW erneut bis zur Unkenntlichkeit eingedeckt. Noch einmal ging Debbie um das Auto herum und wischte den Schnee von den Scheiben. Die Mühe hätte sie sich sparen können. Noch bevor sie ganz herum war, war das erste Fenster schon wieder zu. Sie gab auf. Als sie wieder ins Auto stieg, hatte sich nichts geändert; nach wie vor saß sie in einer dunklen Höhle, ohne sehen zu können, was draußen geschah.

Sie stellte die Heizung höher, damit ihre nasse Kleidung schneller trocknete. Hoffentlich kam Tom bald wieder. Nervös sah sie auf die Uhr. Noch nicht einmal fünf Minuten, und es kam ihr schon vor wie eine Ewigkeit.

Plötzlich fuhr eine Erschütterung durch den Wagen. Debbie schrie. Der Unbekannte! Und dieses Mal war sie allein!

Ein weiteres Mal wurde der BMW durchgeschüttelt. Dann war es vorbei. Als auch fünf Minuten später nichts mehr geschah, warf Debbie sich aus dem BMW, kletterte auf die Motorhaube und schrie: „Tom! Tom! Wo bist du?"

Tom meldete sich nicht. Verdammt, er war doch wohl nicht zu weit gelaufen? In diesem Meer aus Schnee musste er schon nach wenigen Schritten die Orientierung verloren haben. Wieder rief sie. „Tom!"

Wieder kam keine Antwort. Debbie begann zu weinen. „Tom", murmelte sie, „lass mich nicht im Stich."

Dann lief sie selbst los. Zuerst in Fahrtrichtung. Genau zehn Schritte. Sorgfältig suchte sie den Boden ab. Doch falls Tom Spuren hinterlassen hatte – der Schnee hatte sie verwischt. Sie würde nichts finden. Dennoch wiederholte sie die Prozedur in den anderen drei Richtungen. Nichts. Resigniert schüttelte sie den Kopf und marschierte zurück.

Nur unter Schwierigkeiten fand sie den Wagen wieder. Dabei war sie nur zehn Schritte gegangen. Nicht einmal zehn Meter, nur lächerliche zehn kleine Trippelschritte. Wenn Tom weiter gegangen war … Debbie wurde flau im Magen bei dem Gedanken, dass Tom sich verlaufen hatte. Es konnte nicht anders sein. Er saß jetzt sicher irgendwo dort draußen und wartete verzweifelt, dass der Schneefall aufhörte und er zurückfand.

„Tom!" Noch einmal rief sie seinen Namen, hoffte, dass ihr Schrei ihm Orientierung bot. Doch nichts geschah. Keine Antwort. Kein Tom. Großer Gott, war er so weit vom Weg abgekommen?

Traurig setzte sie sich wieder ins Auto. Sie spürte nicht die nasse Kleidung. Ihre Gedanken galten einzig Tom. Je mehr Zeit verstrich, desto größer wurde ihre Sorge. Was, wenn der Schneefall noch Tage anhielt? Ihr wurde übel. Schnell öffnete sie die Tür und übergab sich. Nein, nicht daran denken. Denk positiv. In wenigen Stunden würde die Sonne wieder scheinen, und sie würden am Zielort beim gemütlichen Tee beisammensitzen und über die Episode im Wald lachen. Wenn der Schnee aufhörte. Wenn Tom zurückkam. Wenn, wenn,

wenn …

Debbie knallte die Tür zu und kauerte sich in ihren Sitz. Sie fühlte sich nicht nur wie eine Gefangene, sie war es. Sie konnte nicht fort. Was immer sie auch versuchen würde, es war die falsche Entscheidung. Verließ sie das Auto, riskierte sie, Tom zu verpassen, wenn er zurückkam. Oder sie verirrte sich und würde jämmerlich erfrieren. Blieb sie im Auto, wäre sie zwar sicher, aber wie lange? Irgendwann würde die Batterie versagen und sie würde entweder erfrieren oder verhungern. Nein, sie machte sich nichts vor. Die einzige Option, die sie hatte – die sie und Tom hatten -, war, dass der Schneefall aufhörte. Doch wie es aussah …

Verdammt. Warum waren sie überhaupt auf die blödsinnige Idee gekommen, das Wochenende im Schnee zu verbringen? Ihr Spaß an Winterurlaub war ihr vergangen. Für sie stand fest: Wenn sie die Sache hier lebend überstanden, würden sie die nächsten Jahre nur noch an die Küste fahren.

Sie zuckte zusammen. Hatte sich nicht gerade der Wagen wieder bewegt? Ja, jetzt spürte sie es deutlich. Ein heftiges Schaukeln, das sie auf ihrem Sitz hin und her warf. Nein, nicht schon wieder. „Aufhören!"

Der Unbekannte draußen musste ihren Schrei gehört haben. Die Reaktion war furchtbar. Ein grauenhaftes Brüllen ertönte. Ein Schrei wie von einem wilden Tier. Debbies Herzschlag verdoppelte sich. Welches Tier machte solch grauenerregende Schreie? Schreie, die sich anhörten wie das Gebrüll eines Tyrannosaurus aus einem Hollywood-film.

Ein Bär. Ja, das wäre möglich. Gab es Bären im Harz? Debbie wusste es nicht. Aber ein Bär wäre stark genug, den BMW zu bewegen. Konnte er auch die Tür öffnen? In panischer Angst ließ Debbie das Schloss einrasten. Gleich fühlte sie sich ein bisschen sicherer. Oder?

Sie bekam keine Zeit, weiter nachzudenken. Begleitet von dem grauenhaften Getöse eines urweltlichen Schreis splitterte das Glas des Fahrertürfensters. Eine riesige Klaue erschien und griff nach ihr. Ein behaarter Arm, der länger und länger wurde. Vor Toms Tür gewahrte Debbie einen riesigen Schatten. Es gab kein Zögern mehr. In panischer Angst stürzte sie aus dem Wagen und lief los ohne nachzudenken. Nur fort von hier. Der Schnee hinderte sie an einer schnellen Flucht. Es kam ihr vor, als käme sie nur zentimeterweise voran. Doch als sie nach einigen Minuten verweilte, um Atem zu schöpfen, und zurückblickte, konnte sie den BMW nicht mehr sehen. Glücklicherweise war auch das Gebrüll des Tieres nicht mehr zu hören. Hieß das, dass es die Verfolgung nicht aufgenommen hatte? Sie wollte sich lieber nicht darauf verlassen und lief weiter. Lief und lief, eingemauert zwischen weißen Wänden. Wohin sie auch lief – alles sah gleich aus. Gleich weiß, gleich steril, gleich kalt.

Die Kälte wurde beißender, je nasser ihre Kleidung wurde. Hände und Gesicht – die Stellen, wo der eisige Schnee auf nackte Haut traf – spürte sie schon nicht mehr. Sie sehnte sich nach der Wärme des BMW. Doch eine Rückkehr war unmöglich. Sie würde den Wagen nicht finden. Selbst wenn - der Bär würde dort auf sie lauern, auf seine Beute. War es überhaupt ein Bär? Je länger sie darüber nachdachte, desto größer wurden ihre Zweifel. Sie hatte nur einen riesigen Schatten gesehen. Doch was es auch war, Debbie war sicher, dass das Wesen es auf ihr Leben abgesehen hatte. Wenn dem so war, vielleicht hatte es dann ja schon Tom ...

Nein, daran wollte sie gar nicht erst denken. Sie lief weiter. Mechanisch setzte sie einen Fuß vor den anderen. Als sie zwischendurch auf ihre Uhr blickte, stellte sie erstaunt fest, dass sie schon eine Stunde lief. Und sie stellte auch fest, dass sie an ihre Grenzen kam. Ihre Füße spürte sie schon nicht mehr, und auch der Rest ihres Körpers glich einem Eisblock, durchgefroren bis in die kleinste Zelle. Was sie jetzt am dringendsten benötigte, war eine Unterkunft.

Als hätte das Schicksal ihr Flehen erhört, stand sie plötzlich vor einer Holzwand. Verblüfft hielt sie inne. Es war eine Fläche aus rauen Holzstämmen, die waagerecht aufeinanderlagen wie bei einer Holzhütte. Als sie das Gebilde umrundete, stellte sie fest, dass es genau das war: eine Blockhütte.

Debbie hatte keine Ahnung, wo sie war, nur, dass sie sich mitten im Wald befand. Und dort stand diese Hütte. Debbie hoffte nur, dass sie offen war. Ob bewohnt oder unbewohnt, spielte keine

Rolle. Alles, was sie brauchte, war eine Zuflucht, Schutz vor dem Wetter und dem Ungeheuer, das ihr möglicherweise folgte.

Der Eingang war schnell gefunden. Es gab kein Türschild, das auf einen Besitzer hinwies. Und auch keinen Schlüssel. Mit eiskalten Händen umschloss Debbie den Türgriff, drückte ihn herunter und ... Die Tür ging ohne Schwierigkeiten auf. Debbie stöhnte erleichtert auf. „Danke, Gott." Schnell trat sie über die Schwelle und schloss die Tür. In der Hütte war es dunkel, doch hell genug um zu erkennen, dass das Innere aus einem einzigen Raum bestand. In der Mitte standen ein Tisch und vier Stühle, allesamt aus Holz. An zwei der vier Wände lehnten vier hochgeklappte Liegen, die den Bewohnern offenkundig als Schlafstätte dienten. An der dritten Wand gab es einen Kamin, und vor der vierten stand ein Schrank, in dem Debbie Lebensmittel vermutete. Insgesamt machte die Hütte einen unbewohnten Eindruck. Anscheinend handelte es sich um eine Wochenend- oder Wandererhütte. Strom gab es nicht, aber auf dem Tisch standen Kerzen und Streichhölzer. Debbie steckte zwei Kerzen an. Sofort wurde es ein wenig heller in dem dunklen Raum. Sie nahm eine der angezündeten Kerzen in die Hand und unterzog den Raum einer eingehenden Untersuchung. Der Schrank enthielt tatsächlich Lebensmittel, genau wie sie es vermutet hatte, und ein Spirituskocher bot die Möglichkeit einer warmen Mahlzeit. Verhungern würde sie also nicht. Und auch nicht erfrieren. Ein Holzstoß neben dem Kamin lud dazu ein, sich ein Feuer zu machen.

Nachdem sie in der ganzen Hütte keinen Hinweis auf ihren Besitzer gefunden und sie für sich erklärt hatte, dass sie sich in einer Notlage befand, schichtete sie Holz im Kamin auf und zündete es an. Während sie wartete, dass das Feuer wuchs und begann, Wärme auszustrahlen, riskierte sie durch die Fenster einen Blick nach draußen. Es gab drei, doch von Fenstern zu sprechen, war eine Übertreibung, die Aussparungen in den Wänden glichen eher Bullaugen in einem Schiff; die Sicht war sehr eingeschränkt. Debbie musste einen Stuhl zu Hilfe nehmen, um sie zu erreichen. Doch egal, durch welches Fenster sie sah, die Perspektive blieb stets gleich: Winterlandschaft, wohin sie blickte. Schnee, soweit das Auge reichte. Eine eisige Kälte, die auch die Hütte in ihren Bann zwang.

Nach einer halben Stunde war wenigstens in der Nähe des Kamins genügend Wärme, dass Debbie allmählich entspannte. Sie zog sich aus und hängte die nassen Sachen über die Stühle, die sie vor das Feuer stellte. Während sie wartete, dass sie trockneten, entnahm sie dem Vorratsschrank eine Tafel Schokolade und eine Flasche Wasser. Damit setzte sie sich vor das Feuer. Innerhalb weniger Minuten war alles verzehrt, und als sie satt war und das Feuer ihren ausgekühlten Körper aufgewärmt hatte, spürte sie zu ihrer Überraschung eine wohlige Müdigkeit. Da sie ohnehin nichts tun konnte, entschied sie sich für einen kurzen Schlaf.

Sie kuschelte sich in eines der Betten, zog sich die Decke über den Kopf und war im Nu eingeschlafen.

Sie schlug die Augen auf. Nach einem Moment der Orientierungslosigkeit erinnerte sie sich, wo sie war. Das Bett, in dem sie lag, gab ihr Wärme und Geborgenheit. Aber etwas war anders. Die Hütte hatte sich irgendwie verändert, seit sie eingeschlafen war. Wie lange hatte sie eigentlich geschlafen? Sie sah auf ihre Uhr und wunderte sich, dass es zwei Stunden waren. Als sie die Bettdecke zurückschlug, empfing sie eisige Kälte. Und dann erkannte sie, was sich verändert hatte: Das Feuer war ausgegangen. Schnell setzte sie es wieder in Gang. Ihre Kleider waren immer noch feucht.

Ein Blick aus dem Fenster zeigte ihr, dass draußen noch immer der Schneesturm tobte. Nach wie vor befand sie sich in einem weißen, aseptischen Gefängnis.

Die Kälte biss in ihre Knochen. Debbie hüllte sich in die Bettdecke, setzte sich vor den Kamin und sah dem Feuer zu, wie es ein Holzscheit nach dem anderen fraß. Nach einer Stunde legte sie neues Holz nach. Als sie ihre Kleider abtastete, befand sie, dass sie trocken genug waren. Schnell zog sie sich an.

Sie war gerade im Begriff, den Pullover über den Kopf zu ziehen, als es begann. Über das Prasseln des Feuers und das Heulen des Sturms hatte sich etwas anderes gelegt. Debbie spitzte die Ohren. Es hörte sich an wie Scharren. Als kratze etwas an der Hütte.

Debbie erstarrte. Aufmerksam lauschte sie, drehte den Kopf in die Richtung, aus der das Scharren kam. Sie hatte sich nicht getäuscht. Deutlich war es zu hören. Ein lautes, aufdringliches Kratzen an der Wand, die dem Kamin gegenüberlag.

Zitternd bewegte Debbie sich auf die Wand zu, bemüht, kein Geräusch zu erzeugen, presste das Ohr gegen das kalte Holz und horchte. Jetzt, in unmittelbarer Nähe, war das Kratzen noch lauter. Es hörte sich an wie Krallen, die über das Holz strichen in dem Versuch, in die Hütte einzudringen.

Plötzlich ertönte ein dumpfer Schlag und die Wand erzitterte. Debbie schrie auf und stolperte zurück. Sie fiel, rappelte sich wieder auf und lief zum Kamin, so weit weg von der Wand wie möglich. Mit zusammengepressten Lippen wartete sie auf den nächsten Schlag.

Er kam schneller als sie dachte. Dann noch einer. Und noch einer. Und von Mal zu Mal wurden die Schläge stärker, so stark, dass die Hütte zu wackeln begann.

Der Begriff stand plötzlich im Raum: Angriff. Wie auf den BMW. Debbie fühlte sich Stunden in der Zeit zurückversetzt. Der BMW. Tom. Das Ungeheuer. „Nein!"

Schlagartig endeten die Schläge. Debbie presste die Faust gegen die Lippen, als ihr ihr Fehler bewusst wurde. Ihr Schrei, der dem Ungeheuer verraten hatte, dass ein lebendes Wesen in der Hütte war. Beute.

Sofort setzte das Schlagen wieder ein, heftiger als zuvor. Angsterfüllt blickte Debbie zur Tür. Die Tür! Ihr Herz setzte aus. Die Tür war nicht verschlossen! Verzweifelt sah Debbie sich um nach etwas, mit dem sie die Tür verbarrikadieren konnte. Währenddessen ging das Kratzen und Schlagen weiter. Debbie geriet in Verzweiflung. Bevor sie dazu kam, die Betten und Stühle in Richtung der Tür zu schieben, verstummten die Geräusche plötzlich. Einen winzigen Moment lang schien die Welt den Atem anzuhalten. Dann ging es weiter. Doch ... Debbie stutzte. Die Kratzgeräusche waren nicht mehr an derselben Stelle. Das Ungeheuer war weiter an der Hauswand entlanggewandert. Weiter in Richtung der Tür.

In dieser Sekunde fiel die Entscheidung. Debbie wurde ganz ruhig. Sie wusste, was zu tun war. Wenn das Wesen erst an der Tür war, war es zu spät. Sie musste ihre Chance nutzen, jetzt, in dieser Sekunde. Tief atmete sie ein und aus, schlich zur Tür, öffnete sie. Dann schlüpfte sie hinaus.

Sofort umfing sie eisige Kälte, doch seltsamerweise spürte sie sie kaum. Weder nahm sie wahr, dass der Schnee sofort damit begann, ihre Kleider zu durchnässen, noch achtete sie auf den Wind, der an ihren Kleidern zerrte, als wollte er sie ihr vom Körper reißen. Ihre Gedanken waren darauf fokussiert, diesem unglückseligen Ort zu entkommen. Sie hoffte, dass das Ungeheuer sie angesichts des dichten Schneefalls nicht wittern konnte. Und der Sturm überlagerte die Geräusche, die ihre Füße auf dem Schneebett erzeugten.

Als sie hundert Schritte gelaufen war, wandte sie sich noch einmal um, nur kurz. Von der Hütte war nichts mehr zu sehen. Und auch nicht von dem unheimlichen Wesen. Ihr Herzschlag beruhigte sich. Dennoch blieb sie nicht stehen. Immer noch war es möglich, dass das Wesen ihre Spur aufnahm und zur Verfolgung ansetzte. Sie musste so schnell wie möglich die Zivilisation finden. Keinesfalls würde sie eine Nacht im Freien überstehen.

Nachdem sie glaubte, einen Kilometer gelaufen zu sein, machte sie eine Pause und lehnte sich gegen einen Baum. Das beschwerliche Waten durch den dicken Schnee hatte sie stärker erschöpft als sie vorhergesehen hatte. Als ihr Atem sich beruhigt hatte und sie wieder bewusst auf ihre Umgebung achtete, meinte sie, ein Geräusch zu hören. Sie legte die Hände an die Ohren und horchte sorgfältig in alle Richtungen. Nichts. Sie musste sich verhört haben.

Fünf Minuten später setzte sie ihre Flucht fort. Zwar hatte sie darauf geachtet, strikt geradeaus zu gehen, aber immer wieder musste sie Bäumen und dicken Ästen, die den Weg versperrten, ausweichen. Sie machte sich nichts vor, sie hatte jede Orientierung verloren.

Plötzlich knackte ein Zweig. Debbie erstarrte. Sie richtete ihren Blick auf den Boden zu ihren

Füßen, doch da war nur Schnee. Kein Holz. Außerdem – der knackende Laut, war er nicht von hinten gekommen? Debbie spürte, wie ihre Beine zu Gummi wurden.

Sie lief los. So schnell ihre zitternden Beine sie trugen, rannte sie. Sie spürte keine Erschöpfung mehr. Weil sie wusste, dass es um ihr Leben ging. Sie musste auch nicht mehr leise sein. Jetzt, nachdem das Ungeheuer ihre Witterung aufgenommen hatte, kam es nur noch darauf an, den Vorsprung zu halten und ihn zu vergrößern, damit der Verfolger die Spur wieder verlor.

Trotz der Kälte fror sie nicht. Im Gegenteil, sie spürte, wie sie zu schwitzen begann. Mittlerweile war ihre Kleidung erneut durchnässt, doch sie spürte es kaum. Ihre Gedanken waren einzig auf ihre Flucht gerichtet. Sie lief. Immer weiter. Zwischen Bäumen hindurch, über unebenes Gelände – aber immer durch Schnee. Der Schnee war überall und nahm ihr den Atem. Und irgendwann merkte sie auch, dass ihre Kräfte sie verließen. Dennoch – sie musste weiter. Stillstand bedeutete Tod. Deutlich hörte sie ihren Verfolger hinter sich.

Und dann hörte sie das Brüllen, so nah, dass sie das lähmende Gefühl bekam, das Ungeheuer sei nur noch wenige Schritte entfernt. Als sie gleich darauf Atemgeräusche hörte, wusste sie, dass sie das Rennen verloren hatte.

Noch einmal beschleunigte sie ihre Schritte, wunderte sich, woher ihr Körper die notwendigen Kräfte mobilisierte. Doch der Triumph dauerte nur wenige Sekunden.

Wieder erklang das Brüllen, dieses Mal direkt an Debbies Ohr. In der nächsten Sekunde erhielt sie einen Schlag ins Genick, der sie von den Füßen riss und sie in den Schnee katapultierte. Es gelang ihr noch, sich auf den Rücken zu drehen und das riesige behaarte Ungeheuer zu sehen, das sich mit gewaltigem Gewicht auf sie stürzte. Sie sah noch die Zähne, riesige gelbe Hauer, die sich zu ihr herabbewegten, spürte das Durchbeißen der Halsschlagader – ein hässliches Krachen, ein sensationeller Schmerz. Ihr letzter Gedanke galt Tom, den sie nun nie mehr sehen würde. Dann wurde es dunkel. Und dann war nichts mehr.

Harzer Anzeiger vom 7. März

Mysteriöses Autowrack

St. Andreasberg. In der Nähe des bekannten Wintersportortes fanden Waldarbeiter das Wrack eines BMW. Der Wagen stand in einem nicht bewirtschafteten Waldweg. Die Arbeiter vermuteten einen Fall von Umweltverschmutzung. Es sei nicht das erste Mal, dass gewissenlose Autobesitzer versucht hätten, das Geld für die Entsorgung zu sparen und ihren Schrottwagen einfach im Wald abgestellt hätten. Seltsam sei allerdings, dass der BMW noch beide Nummernschilder trug, der Besitzer war also schnell ermittelt. Doch die Spur führte ins Leere. Bei dem Besitzer handelt es sich um eine seit

Wochen vermisste männliche Person aus Bielefeld, NRW. Mysteriös auch, dass im Kofferraum des Wagens Gepäck gefunden wurde, als sei der Besitzer auf Urlaubsreise gewesen. Die Ermittlungen der Polizei dauern an.

Westfalen-Blatt vom 8. März

St. Andreasberg/ Bielefeld. Der BMW des seit Mitte Januar vermissten Thomas Heinrichs aus Bielefeld wurde gefunden. Waldarbeiter fanden ihn bei Aufräumungsarbeiten in einem Waldstück nahe St. Andreasberg. Von Heinrichs und seiner Freundin Deborah Baumeister, die ihn auf seiner Urlaubsreise begleitet hatte, fehlt nach wie vor jede Spur. Der Zustand des BMW deute nach Polizeiangaben allerdings auf ein Gewaltverbrechen hin.

Harzer Anzeiger vom 14. März

Yeti im Harz?

St. Andreasberg. Beim Abriss einer Wanderhütte in der Nähe von St. Andreasberg kam es zu mysteriösen Erscheinungen. Arbeiter berichteten, sie hätten in der Nähe der Hütte seltsame Geräusche gehört, die wie das Brüllen eines Tyrannosaurus Rex aus dem Film „Jurassic Park" geklungen hätten. Zwei von ihnen behaupten, eine mysteriöse behaarte Gestalt gesehen zu haben, die an den berühmten Yeti erinnere.

*Eine Spukerscheinung? Oder die Vision von Män-
nern, die während der Arbeit einen über den Durst
getrunken haben? Wir werden es wohl nie erfahren - die
Erscheinungen verschwanden, nachdem die Hütte abge-
rissen war.*

Die Steine von Haithabu

Nie werde ich jene grauenhafte Nacht vergessen, die mein Leben für immer veränderte, die mich in einen Leisetreter und Duckmäuser verwandelte, der sich anpasst, um nicht aufzufallen, ängstlich, etwas zu tun, was sein Verderben sein könnte. Ein Feigling. Doch kann es feige sein, sein Leben zu verteidigen und sich unauffällig zu benehmen? Sie, das fremde Leben – es fällt mir schwer, eine andere Bezeichnung zu finden für das namenlose Grauen – waren auf mich aufmerksam geworden in jener Nacht. Ich war ihnen entwischt, hatte überlebt, und seitdem tat ich alles, um sie nicht noch einmal auf mich aufmerksam zu machen. Noch heute sehe ich das grauenvolle rote Leuchten ihrer Augen vor mir, höre die wahnsinnigen Schreie, die unseren Kehlen, Ronnys und meiner, entstammten, und spüre die Gänsehaut, die sich über unsere Körper zog und uns lähmte. Feige? Vielleicht ist es Feigheit, aber diese Feigheit hat mir bisher das Leben erhalten. Denn ich weiß, sollten sie wieder auf mich aufmerksam werden, werde ich nicht mehr mit dem Leben davonkommen. Die nächste Konfrontation würde meinen Tod bedeuten.

Es begann mit der Entdeckung des Tagebuchs. Oh, hätten wir dieses fürchterliche Büchlein doch nur niemals gefunden, dieses Machwerk des Grauens, das uns eine Welt enthüllte, die es nicht geben durfte, eine Welt, so grauenvoll und unvorstellbar, dass der gesunde Menschenverstand sich weigert, diese fremde Realität anzuerkennen. So hielten wir den Inhalt auch zunächst für ein Märchen, für die Ausgeburt der kranken Fantasie eines alten Mannes, der zu viel von der Welt gesehen hatte. Wie konnten wir ahnen, dass alles, was da stand, Realität war, eine Wirklichkeit jenseits der existierenden Welt, in seiner Fremdheit selbst für Erwachsene nicht nachvollziehbar. Wie sollte da der Verstand von Zwölfjährigen erkennen, was für unbeschreibliche Dinge auf unserem Planeten geschehen, die gottseidank dem einfachen Bürger für immer und ewig verschlossen bleiben.

Damals, in jenem Sommer vor dreißig Jahren, dem letzten seiner Art, den letzten unbeschwerten Tagen meines Lebens, verbrachte ich, wie gewöhnlich, meine Ferien bei meinem Großvater. Er besaß ein altes Backsteinhaus mit einem kleinen spitzen Dachboden bei Schleswig in der Nähe der historischen Stätte aus Wikingerzeit, die unter dem Namen Haithabu bekannt ist. Dieser Dachboden war für einen abenteuerlustigen Jugendlichen eine wahre Schatzkammer. Er beherbergte all die Erinnerungen, die ein Großvater aus Sicht seines Enkels haben musste: Fotoalben mit alten vergilbten Fotos, die zu Beginn des letzten Jahrhunderts gemacht worden waren; Sammelalben mit bunten Bildern aus Zigarettenpackungen; eine Schatzkiste mit alten Anzügen aus derbem kratzenden Stoff. Und dann die Bücher; Unmengen an Literatur längst vergangener Epochen: Abenteuerromane, Reiseberichte aus der Pionierzeit der Mobilität, Jules Verne, H. G. Wells, Kriegstagebücher. Ich verbrachte Stunden und Tage auf dem Dachboden und hatte nach wenigen Sommern alles ausgelesen.

Mein Großvater war Forscher gewesen. Sein Beruf brachte ihn durch die ganze Welt. Als Archäologe hatte er zu einer Zeit gewirkt, die interessant und aufregend war. Er hatte in Ägypten im Tal der Könige gegraben und hatte Howard Carter, den Entdecker der Mumie von Tutenchamun, persönlich gekannt. Er hatte in Südamerika sagenhafte Tempel der Maya und Azteken ausgegraben. An den Polen hatte er tiefe Bohrungen im Eis vorgenommen, um zu ergründen, wie die Welt vor Tausenden von Jahren aussah. Der Dachstuhl wimmelte von Erinnerungsstücken an seine Expeditionen, und die Geschichten, die er mir abends vor dem Kamin zu erzählen pflegte, ließen wohlige Schauer des Grauens über meinen Rücken laufen.

Ronny war zu der Zeit mein bester Freund in der Stadt meines Großvaters. Wir hatten uns kennengelernt, als wir beide noch kleine Kinder waren. Wir waren gleichaltrig und hatten die gleichen Interessen. Mit Ronny verbrachte ich, wenn wir nicht gerade draußen auf Streifzug waren, viele Stunden auf dem wundervollen Dachboden.

Es war in jenem Sommer, als wir die verhängnisvolle Entdeckung machten. Ich weiß nicht, warum er uns in all den Jahren zuvor nie aufgefallen war, und die natürlichste Erklärung war, dass mein Großvater ihn erst im Verlauf des vergangenen Jahres hierher gebracht hatte. Letztendlich spielt es keine Rolle, jedenfalls war er auf einmal da.

Ein wertvoll aussehender Band, in Leder gebunden, die vergilbten Seiten mit Seidenfäden zusammengebunden, an die zweihundert Seiten stark. Wundervoll anzusehen und schwer in der Hand liegend. Hätte ich damals nur im Entferntesten geahnt, was sein Inhalt für den Rest meines Lebens – ja für die ganze Welt – bedeutete, ich hätte das Buch weggeworfen und nie wieder angerührt. So aber...

Ronny und ich bekamen große Augen, als wir es entdeckten. Wir setzten uns unter das kleine Lukenfenster, damit wir im einfallenden Sonnenlicht besser lesen konnten.

Geheimnisvolle Worte schlugen uns entgegen, als wir es aufschlugen und zu lesen begannen. Es war kein Autor genannt und wir konnten nur vermuten, dass es sich bei dem Verfasser um meinen Großvater handelte – eine Vermutung, die später durch ihn selbst bestätigt wurde.

Beim Durchblättern stießen wir immer wieder auf Bleistiftzeichnungen, die unheimlich anzusehende Lebewesen zeigten. Manche von ihnen wirkten wie Menschen mit Oberkörpern, die wie ein Krake aussahen, mit Tentakeln anstelle von

Armen. Wäre das Buch nicht in Schreibschrift von Hand geschrieben, hätte man es für ein Sachbuch halten können. Doch sein Inhalt war so fantastisch, dass wir es zunächst für Fiktion hielten, für den Entwurf eines Abenteuerromans. Und doch handelte es sich um einen Erlebnisbericht, um Legenden und Erzählungen, Erfahrungen, die mein Großvater in diesem Band niedergelegt hatte.

Auch der Name Haithabu tauchte in den Aufzeichnungen auf. Ronny und ich spürten die Erregung, die sich unserer bemächtigte, ein Kribbeln, das die Haut überzog und das Haar sich aufrichten ließ. Es ging um die Runensteine, die Erik dem Wikinger zu Ehren in Haithabu aufgestellt worden waren. Ich kannte diese Steine, hatte sie selbst schon gesehen, da sie nur wenige Kilometer vom Haus meines Großvaters entfernt waren. Jeden Sommer fuhr ich mit dem Fahrrad hinaus, um das schaurige Gefühl zu genießen, das sich einstellte, wenn ich zwischen den Hügelgräbern stand und versuchte, die Inschriften der Steine zu lesen.

Oft hatte mein Großvater mir die Legende erzählt, die sich um die Steine rankten. Ich erinnere mich, dass er mir den Wortlaut der Inschriften erzählte. Ich hatte sie nie auswendig gelernt und konnte sie daher nicht rezitieren, aber ich wusste, dass die Inschrift auf dem Erikstein von dem Wikinger Erik handelte, der den Tod fand, als feindliche Krieger Haithabu belagerten. König Sven ließ daraufhin Erik zu Ehren den Stein errichten.

Das war die offizielle Version der Geschichte.

Doch in den Aufzeichnungen meines Großvaters lasen wir jetzt, dass diese Version nicht vollständig war, dass bewusst etwas verschwiegen wurde, weil die Wahrheit so grauenhaft war, dass Menschen, die davon erfuhren, dem Wahnsinn verfallen mussten. Ich erinnere mich genau der Spannung, die sich aufbaute, als wir die Zeilen lasen.

Das Tagebuch existiert schon lange nicht mehr, und so bin ich gezwungen, den Text aus dem Gedächtnis zu rezitieren. Aber der Inhalt ist mir so vertraut, als hätte ich den Text erst gestern gelesen.

Die vergilbten Seiten schilderten Eriks verzweifelten, zum Scheitern verurteilten Kampf gegen eine unheimliche Macht. Alles spielte sich ab in einer finsteren Winternacht um die erste Jahrtausendwende. Die Siedler von Haithabu schliefen bereits in ihren Betten, während draußen Erik und seine Männer Wachen hielten und der Kälte und dem Schnee mit Lagerfeuern und Fackeln zu trotzen versuchten. Der Schneefall wurde immer dichter, zudem zog dicker schwerer Nebel auf, sodass in der drückenden Dunkelheit nichts mehr zu sehen war, selbst der Schein einer Fackel reichte nicht aus, um seinen Nebenmann erkennen zu können. Es war um Mitternacht, als plötzlich ein unheimliches Rauschen und Brummen aufkam, ähnlich dem Geräusch, das entsteht, wenn der Sturmwind durch das Dachgebälk fährt und das Holz zum

Vibrieren bringt. Dazu kam ein Stampfen und Beben des Erdbodens, dass man glaubte, ein Erdbeben tobe sich aus. Die wachhabenden Männer spürten eine unheimliche Furcht und sammelten sich auf dem Dorfplatz. Heftiger Sturm fegte über das Dorf, sodass die Männer sich nur durch Schreien verständigen konnten. Und dann hörten sie ein entsetzliches grauenvolles Schreien und Kreischen, das ihnen die Haare zu Berge stehen ließ, etwas, was sie in seiner Unheimlichkeit noch nie gehört hatten. Die Dorfbewohner wurden wach davon und liefen ebenfalls zum Dorfplatz, um zu sehen, was dort vor sich ging. Dann explodierten die ersten Hütten. Es war, als träte ein Riese gegen ein Spielzeughaus, die Trümmer wurden durch die Luft gewirbelt und landeten im Umkreis von mehreren Metern auf dem Boden. Die Schreie der Dörfler mischten sich in das unheimliche Kreischen und vollendeten das Chaos, dem Erik sich nun gegenübersah. Verzweifelt erkannte er, dass das Dorf angegriffen wurde. Doch nicht Menschen waren der Feind, sondern ein unheimlicher unirdischer Gegner, der zudem in der Dunkelheit nicht zu sehen war. Das Einzige, was Erik erkannte, war, dass der Feind groß sein musste, größer als ein Mensch, denn die Zerstörung der Hütten bereitete ihm keine Schwierigkeiten. Die Männer kämpften tapfer. Mit ihren Schwertern stürzten sie sich mutig auf den unsichtbaren Gegner, von dem sie weder sein Aussehen noch seine Anzahl wussten. Es war ein Kampf auf Leben und Tod und er war von Anfang an zum Scheitern verurteilt, gegen einen solchen Feind hatten Menschen nicht den Hauch einer Chance. Und doch war nach einer Stunde alles vorbei. Niemand vermag zu sagen, warum der Kampf so plötzlich endete. Der Gegner war nicht geschlagen, aber er zog sich zurück. Warum, konnte nie ergründet werden. Hatte er Menschenopfer gesucht und sich zurückgezogen, als er seinen Blutdurst gestillt hatte? Eine Stunde später trat jedenfalls eine ohrenbetäubende Stille ein. Viele Hütten brannten und überall lagen Leichen. Der nächste Morgen zeigte das blutige Ergebnis. Über die Hälfte der Dorfbewohner war bei dem nächtlichen Angriff ums Leben gekommen. Von den Kriegern waren bis auf zwei alle gefallen, auch der tapfere Erik, der mutig die Verteidigung organisiert hatte und nicht erfuhr, gegen wen er gekämpft hatte. Eriks Gefährte Thorolf ließ im Auftrag König Svens die Runensteinanlage bauen. Von dem unheimlichen Gegner hatte man nie wieder etwas gehört. Er blieb die folgenden Jahrhunderte wie vom Erdboden verschwunden. Und dennoch hielt sich hartnäckig das Gerücht, dass die Ungeheuer nicht wirklich fort waren, sondern nur schliefen, sich gleichsam im Winterschlaf befanden, bis der nächste Blutdurst sie weckte.

An Ende des achtzehnten Jahrhunderts wurde die Runensteinanlage von Haithabu von mutigen Wissenschaftlern erforscht, und – will man den Gerüchten Glauben schenken – man fand in den Hügelgräbern wie erwartet Skelette, die man Erik dem Wikinger und den gefallenen Dörflern von Haithabu zurechnete. Aber zwischen all den menschlichen Knochen gab es andere, deren schiere Größe allein es völlig ausschloss, dass man es mit Menschengebein oder den Knochen irgendeiner bekannten Tierspezies zu tun hatte...

Ronny und ich bekamen eine Gänsehaut, als wir lasen, und trotz der sommerlichen Hitze froren wir. Konnte es sein, dass sich hier im Norden Deutschlands vorzeitliche Monstren getummelt hatten, unvorstellbar fremdartige Wesen, die immer noch da waren und gegenwärtig nur schliefen?

Und dann trafen wir die folgenschwere Entscheidung, die mein Leben für immer verändern sollte, die Entscheidung, die das große Unglück über uns heraufbeschwor, die ich bis heute bedaure und an der ich doch nichts mehr ändern kann.

Zuvor jedoch liefen wir zu meinem Großvater, zeigten ihm das Tagebuch und wollten wissen, ob der Inhalt authentisch war.

„Wo habt ihr das gefunden?" Seine Stimme bebte vor Zorn. Ich erschrak, so hatte ich ihn noch nie erlebt. Er riss mir das Buch aus der Hand. „Gib her!", schrie er schrill. „Diese Worte sind nicht für menschliche Augen bestimmt!"

Ronny und ich zuckten zusammen. Diese Worte sind nicht für menschliche Augen bestimmt. Und dennoch hatten wir sie gesehen. Daher gab es für uns auch keine Alternative. Unsere Neugierde war geweckt, trotz der Warnung; wir mussten tun, was wir tun mussten.

Den Rest des Tages verbrachten wir mit der

Planung und Vorbereitung unseres Abenteuers, denn schon in dieser Nacht sollte unser Vorhaben starten, von dem wir nicht ahnten, dass es uns direkt in die Katastrophe führen sollte. Wir packten unsere Rucksäcke mit Taschenlampen und Ersatzbatterien. Taschenmesser nahmen wir mit, und auch zu essen und zu trinken. Dermaßen ausgerüstet fühlten wir uns für den nächtlichen Ausflug gut vorbereitet.

Es war eine wolkenfreie Vollmondnacht. Die Sterne funkelten am Himmel und es war kühl, aber nicht kalt. Ich verließ das Haus meines Großvaters um Mitternacht. Großvater schlief bereits seit Stunden, aber ich hatte einen großen Sicherheitsspielraum einkalkuliert. Schließlich sollte er nichts merken von alledem. Ronny wartete bereits am Gartenzaun auf mich. Eine gegenseitige Kontrolle, ob wir alles dabei hatten, dann ging es los. Der Mond wies uns den Weg, unsere Taschenlampen waren im Moment überflüssig. Die nächtliche Stille nahm uns gefangen, keine Geräusche waren zu hören, wenn man vom Zirpen der Grillen absah. Während des Marsches erzählten wir uns Gruselgeschichten, um uns in Stimmung zu bringen für die Runensteine und die Hügelgräber. Der Vollmond – in der Literatur immerhin die Nacht der Werwölfe – und der Zeitpunkt – Mitternacht, Geisterstunde – taten ihr Übriges, um wohlige Schauer hervorzurufen, eine Gänsehaut, deren Urheber wir noch selbst waren, nicht ahnend, dass wir nicht mehr weit von einem Schrecken entfernt waren, der uns wirkliche Schauer über den Rücken jagen sollte.

Wir erreichten die Runensteine nach einem Fußmarsch, der uns wegen der Dunkelheit beschwerlicher und länger erschien als sonst. Die Inschrift war im Mondlicht nur undeutlich zu erkennen, und wir knipsten unsere Lampen an, um die Runen besser betrachten zu können. Natürlich konnten wir die Schrift nicht lesen, aber wir wussten ja, wovon der Text handelte. Vor unserem geistigen Auge erschien eine vergangene Zeit, ein Schauplatz aus den finstersten Epochen der Menschheit, und wir sahen Erik gegen die Fremden kämpfen und stellten uns die Fremden als riesige blutgierige Monster vor. In der Schule im Englischunterricht hatten wir die Legende von Beowulf und Grendel gehört; das war denn auch unsere Vorstellung von dem unheimlichen Gegner Eriks: Grendelmonster in vielfacher Ausfertigung.

Ehrfurcht erfasste mich. Ich stand hier vor einem Monument, das vor über tausend Jahren errichtet worden war, und verspürte das plötzliche Bedürfnis, den Stein zu berühren. Allen Verboten zum Trotz trat ich ganz nahe an ihn heran und legte meine rechte Hand auf die historische Inschrift.

„Was spürst du?", fragte Ronny.

Ich zuckte die Achseln. „Nichts. Der Stein ist kalt, sonst nichts weiter." Einigermaßen enttäuscht zog ich die Hand zurück. Was hatte ich erwartet? Kosmische Energien, die auf mich überflossen und mich zu einem Superman machten? Ich musste über meine Naivität grinsen. Es war nur ein Stein, kalt und rau, Spuren von jahrhundertealter Verwitterung zeigend.

„Dann komm. Lass uns jetzt zu den Gräbern gehen." Ronny drängte mich weiterzugehen. Ich zögerte, warf einen letzten Blick auf den Erikstein und folgte dann meinem Freund.

Im letzten Moment, da mein Blick den Stein streifte, gewahrte ich, dass der Mond sich verdunkelte. Der leichte Nachtwind verstummte und die Erde schien ihren Lauf anzuhalten. Eisige Kälte breitete sich plötzlich aus. Ich sah Ronny an, doch er schien nichts zu bemerken. Wenn ich heute darüber nachdenke, bin ich sicher, dass es sich um eine Warnung handelte, eine Warnung, die wir in unserer jugendlichen Neugierde nicht erkannten, und selbst wenn wir sie als solche erkannt, sie dann aber in unserem jugendlichen Leichtsinn wahrscheinlich ignoriert hätten.

Als wir das erste Hügelgrab erreichten, waren wir enttäuscht. Wo war der Eingang? Hier war nichts, nur ein grasbewachsener Hügel, von dem man schon wissen musste, dass es sich um ein Grab handelte, um es als solches zu erkennen.

Wie dumm wir doch waren. Selbstverständlich gab es keinen Eingang. Nach der Bestattung waren die Gräber aufgeschüttet und zu Hügeln geformt worden. Es gab keinen Eingang. Gräber auf dem Friedhof hatten ja auch keine Eingänge. Wir suchten alle Gräber ab, aber nirgendwo war auch nur der entfernteste Hinweis auf einen Zugang zu entdecken.

Enttäuscht ließen wir uns ins feuchte Gras sinken und beschlossen, erst einmal eine Pause einzulegen. Mein Magen meldete sich, und so verzehrte ich einen der mitgebrachten Schokoriegel. Den Geschmack nahm ich gar nicht wahr. Die ganze Zeit grübelte ich darüber, wie wir in die verdammten Hügelgräber eindringen konnten. Es musste einen Eingang geben, woher wusste das Tagebuch meines Großvaters denn sonst, was in diesen Gräbern war? Woher wussten die Forscher, dass die Aufschüttungen historische Grabstätten darstellten? Irgendetwas hatten wir übersehen.

Ich stand auf. Unruhig lief ich im nun wieder hellen Mondlicht zwischen den Gräbern umher, aufmerksam den Boden betrachtend, um irgendwelche ungewöhnlichen Dinge zu entdecken. Nachdem ich vielleicht eine halbe Stunde gesucht hatte, fand ich es. Es handelte sich um eine Erdspalte, nicht weit vom Erikstein entfernt und – wie ich verblüfft feststellte – ziemlich genau im Mittelpunkt der umgebenden Hügelgräber gelegen. Ich pfiff Ronny herbei. Der Spalt war nur sehr klein und eng, aber groß genug, um Zwölfjährige durchzulassen.

Ich leuchtete Ronny ins Gesicht. „Wollen wir es riskieren?"

„Glaubst du, das ist der Zugang?", fragte er zurück.

Ich nickte heftig. „Wenn das nicht der Zugang

ist, dann gibt es keinen. Leuchte mir. Ich werde einsteigen."

Die Aufregung über meine Entdeckung ließ mich alle Vorsicht vergessen. Es war noch nicht zu spät. Wären wir jetzt umgekehrt, wäre nichts passiert und heute wäre alles noch wie früher.

Ich ließ mich also in den Spalt hinab. Meine eigene Taschenlampe leuchtete nach unten, während Ronny mir von oben Licht gab. Die kleine Erdhöhle, in der ich mich wiederfand, war nicht sehr groß, eher ein Loch als eine Höhle, nur etwa so groß wie mein Zimmer zu Hause, aber viel flacher. Ich konnte gerade aufrecht stehen. Ich rief Ronny herunter, und wenige Sekunden später leuchteten wir die kleine unterirdische Kammer zu zweit aus. Im Hintergrund, dunkel und unscheinbar und beim ersten Hinsehen kaum zu entdecken, gewahrten wir einen dunklen Fleck. Beim Nähertreten gähnte uns ein dunkles Loch entgegen. Noch immer war kein Anzeichen von Gefahr erkennbar.

Wir schlüpften hindurch und erblickten im Licht der Taschenlampen eine Art Gang, eindeutig künstlich angelegt. Der Gang war aus der Erde herausgegraben, an den Rändern lag nachgerutschte Erde. Wir waren überzeugt, hier den Zugang zu den Gräbern gefunden zu haben.

Der Gang führte unendliche Meter geradeaus, bis er – wir waren bestimmt fünf Minuten gegangen – einen scharfen Knick nach rechts machte. Undeutlich nahm ich einen Luftzug wahr, der mein Gesicht streifte und abgestandene modrige

Luft mit sich brachte. Ich machte Ronny darauf aufmerksam. Er nickte, er spürte es also auch. Wir schienen am Ziel unseres Ausflugs angelangt zu sein.

Das Grauen begann langsam und allmählich, und wären wir jetzt umgekehrt, hätten wir noch eine Chance gehabt. Es war gleichsam eine Warnung, die zweite, die wir erhielten und die wir in unserer jugendlichen Ignoranz wieder nicht beachteten. Das Brummen war zunächst leise und kaum wahrnehmbar, ähnlich einem Bienenschwarm, der an einem Sommertag weit voraus seiner Arbeit nachgeht. Doch je näher wir kamen, desto lauter wurde es. Wir schrieben es den Luftbewegungen im Höhlensystem zu. Doch war die Frequenz dergestalt, dass es uns gruselige Schauer über den Rücken jagte.

Wir verhielten kurz in unserem Vormarsch und sahen uns gegenseitig fragend an. Ronny sah blass aus, und ich wusste, dass ich genauso aussehen musste.

„Weiter?", fragte ich. Er nickte.

Nach wenigen Schritten war mir, als vernähme ich eine Stimme. Aber wenn es eine solche war, war es nicht die eines Menschen, es klang mehr wie das Heulen eines Wolfes. Ich schüttelte den Kopf. Narr, schalt ich mich. Das ist der Luftzug, die vibrierende Luftsäule hier unten spielt dir einen Streich.

Als wir unser Ziel erreichten, blieben wir urplötzlich stehen, als wären wir gegen eine unsichtbare Mauer gelaufen. Da waren sie. Im Schein unserer Lampen blickten uns die blanken Knochen der alten Wikinger an. Es war unmöglich, sie zu zählen. Alles lag durcheinander: männliche und weibliche Skelette, Knochen von Erwachsenen und Kindern. Wir wunderten uns, dass alle durcheinander lagen, aber da wir keine Ahnung hatten von wikingischen Bestattungszeremonien, dachten wir uns nichts dabei. Stutzig wurden wir allerdings beim Anblick des Knochenhaufens, der an anderer Stelle der Höhle lag. Die Knochen waren größer und gröber als die der Wikinger, und der Schädel schien eher zu einem Tier zu gehören als zu einem Menschen, zu einem Bären vielleicht. Es war nur ein Skelett, aber so fremdartig, dass es weder Mensch noch Tier sein konnte. Sofort musste ich an den grendelschen Gegner Eriks denken, doch bevor ich meinen Gedanken fortführen konnte, kam der Schrei, der lauteste, grauenvollste Schrei, den je ein Mensch vernommen. Ein Schrei, wie ihn zuvor nur Erik und die Bewohner von Haithabu gehört hatten. Ein Schrei, der aus tausend Kehlen gleichzeitig zu kommen schien und das gesamte Frequenzband menschlichen Hörvermögens abdeckte. Ein Schrei, der nicht von dieser Welt war. Kein Angstschrei, ein Angriffsschrei.

Wir erstarrten. Ich spürte, wie sich mir die Haare aufstellten. Ronny ließ vor Schreck seine Taschenlampe fallen, die auf dem Boden aufschlug und erlosch. Dann kam das Geräusch. Irgendetwas näherte sich uns. Schwere, schleifende Schritte, die den Boden erzittern ließen. Ich wandte mich zur Flucht, ich wollte nicht wissen, was für Monster da auf uns zukamen. Ich musste nur an die Wikinger denken und an den unheimlichen Feind, gegen den sie gekämpft hatten. Den Feind gab es immer noch, und jetzt jagte er Ronny und mich.

Bloß weg hier. Ich lief zurück in den Gang. In das Kreischen des Ungeheuers oder der Ungeheuer – es war unmöglich zu sagen, ob es sich um eines oder eine ganze Horde handelte – mischte sich ein anderes; später erst wurde mir bewusst, dass es meine eigenen Schreie waren. Als ich in der kleinen Erdhöhle, die nach draußen führte, anlangte, merkte ich erst, dass Ronny nicht bei mir war. Verzweifelt blickte ich mich um und rief seinen Namen, doch ich bekam keine Antwort. Entsetzt erkannte ich, dass er zurückgeblieben war. Ich erinnere mich seiner Gestalt in der Gräberhöhle, erstarrt zur Salzsäule, unfähig sich zu bewegen. Großer Gott, ich hatte ihn im Stich gelassen. Ronny hatte sich im namenlosen Grauen verkrampft und konnte sich nicht mehr von der Stelle rühren. Ich malte mir aus, was mit ihm geschehen könnte, starr und steif einem albtraumhaften Schicksal ausgeliefert.

Dann hörte ich seinen Schrei. Ich wusste, es war Ronny. Es war der Schrei eines in Todesnot kreischenden Jungen. Und es war das Letzte, was ich von ihm hörte. Ich sah Ronny nie wieder.

Es gelang mir, die Runenstätte zu verlassen. So schnell meine verkrampften Beine mich trugen, lief ich nach Hause, fort von diesem grauenvollen Ort, froh, mit dem Leben davongekommen zu sein.

Am nächsten Morgen wurde eine große Suchaktion gestartet. Polizei, Feuerwehr, THW und das halbe Dorf beteiligten sich an der Suche. Doch Ronny blieb unauffindbar. Weder er selbst noch seine Leiche wurden jemals gefunden.

Natürlich glaubte man mir meine Geschichte nicht; Zwölfjährige haben eine blühende Fantasie. Vielleicht ist es gut so. Die Menschheit lebt freier, wenn sie keine Kenntnis hat von den grausigen Dingen, die es auf diesem Planeten gibt. Die offizielle Version besagt, dass Ronny sich in dem unterirdischen Höhlensystem verlief und dort verhungerte und verdurstete. Nur mein Großvater sah mich jedes Mal seltsam an, wenn die Rede auf diesen Vorfall kam. Sein Tagebuch jedoch habe ich nie wieder gesehen.

Das Ganze ist jetzt dreißig Jahre her und in der Erinnerung verblassen die Ereignisse. Manchmal frage ich mich selbst, ob ich alles nicht nur geträumt habe. Doch Ronnys Verschwinden ist eine Tatsache. Und ich weiß: Weder hat er sich im Labyrinth verlaufen noch ist er verhungert. Er wurde ein Opfer der grauenvollen Wesenheit, die vor tausend Jahren Haithabu heimsuchte. Ich weiß, dass sie immer noch irgendwo dort unten unter der Erde haust. Und ich bete täglich zu Gott, dass sie niemals die Erdoberfläche betreten wird...

Zeitfracht Medien GmbH
Ferdinand-Jühlke-Straße 7
99095 Erfurt, Deutschland
produktsicherheit@kolibri360.de